死者におくる花束はない

ShOji YuKi

結城昌治

P+D BOOKS
小学館

目次

第一章　痩せた依頼人

一

歩道から直接二階へ通じる階段の入口に、木製の表札が五つかかっている。

久里十八《くりじゅうはち》探偵事務所、ひまわりタイプ社、平和ミシン商会、オリエンタル貿易株式会社、児童教育研究会。

しかし、このうちで実在するのは初めの二つだけだ。ほかは架空の名前だけである。たかが二部屋限りのラーメン屋の二階に、五つの事務所が同居できるわけもない。表札をならべたのは、探偵事務所への依頼人を入りやすくしてやるためだった。こうしておけば、同じ入口の階段を上っても、外見上、客はどこの社に用があったのかわからない。

踏板のきしる階段を上って、くもりガラスのドアを押すと、タイプの音がやんで加山春江の顔がこっちを向いた。

「お客さんよ」

加山春江が言った。

「髪のかたちを変えましたね」

「あたし、お客さんが来てると言ったのよ」

「ぼくのほうへ回ってきそうな客ですか」

「もう三十分くらい話しこんでいるわ」

「美人らしいな」

「なぜ」

「話が長い」

「お気の毒だけど、ちがったわ。男よ、鶏のガラみたいに瘦せた男、年は四十歳ぐらいかしら。細い口ひげを生やしているけど、色が黒いから似合わない。背広は生地も仕立ても上等。でも、どことなくヤボったい感じで、眼つきもよくないといったところね。鼻の脇にイボみたいなホクロがあるわ」

「用件は？」

「不明ね。所長に直接話したいと言って、名前も教えなかったわ」

「秘書ごときには、話せないというわけか」

「あたし、秘書なんかじゃないわ」

彼女は唇をとがらすと、タイプに向きなおった。

加山春江は久里十八探偵事務所の所長秘書ではない。それは事実、そのとおりだ。しかし、依頼人のあった場合だけは秘書のごとくふるまうことになっている。久里十八の頼みを彼女が承知したのだ。依頼人にたいして、探偵事務所らしい体裁を整えるためであり、むろん、専属の秘書を雇う経済力のないことが原因だった。

一人一社ながら、加山春江はひまわりタイプ社を経営して、仕事はかなり多忙のようである。客待ち顔で碁石を握っていることの多い探偵事務所とは、格段の違いがあった。すでに三十二、三になるはずだが、頑として独身主義をとおしている。化粧をするとかなりの美人になるし、年も五つくらい若く見える。妻に死なれてヤモメぐらしの、久里十八がひそかに思いをよせているらしいが、彼女のほうが相手にならぬようだ。

わたしは奥の事務所へ通じる黒いガラスドアを押した。

「やあ」

久里十八が立上って迎えた。待っていたようだった。

「これがうちの調査部長、佐久《さく》くんです。フライ級だが、プロボクシングにいたことがある。柔道は四段、頭のきれる点はおそろしいほどだ。暗算と油絵が得意で、駆足が速い」

久里十八の言ったことは全部デタラメだった。わたしはサンドバッグをたたいたこともなければ、柔道着をきたこともない。第一、わたしは久里十八の部下でさえない。久里十八探偵事務所の所員は所長の久里十八ただ一人、あとは金魚鉢の中にメダカが泳いでいるだけだ。わたしは仕事にあぶれたので、ふいと寄ってみたに過ぎない。条件がよくて面白そうな事件なら引受ける。そうでなければ断る。もっとまともな探偵社がほかにいくらもあり、その二、三社を回れば当分仕事に困ることはない。

久里十八はわたしを紹介してから、テーブルの上の札束に気づいて、それを素早くポケットにねじこんだ。

「こちらは依頼にみえた玉川さん、神田で印刷所をやっておられる方だ。お話はだいたいうかがったが、きみに直接担当してもらうから大いに頑張ってくれたまえ。きみでなければできんし、きみなら必ずできる仕事だ」

紹介が終った。

「佐久です」

低い応接用テーブルをはさんで向い合った所長と依頼人との中間に、わたしは三角点をつくって腰をおろした。

「それでは――」

玉川は久里十八とわたしを等分に見て言った。太い声だった。浪花節語りのように、あるいは露天商人のように潰《つぶ》れた声だった。

「今日から早速かかってもらえますか」

「結構です」所長が言った。「任せてくだされば、あとは仕事を見てもらいますよ」

「どんなことがあっても、秘密は守ってくれますな」

「言われるまでもありません。秘密厳守――わが社が信用を博してる理由はこれにつきます。佐久くんは若いが、日銀の金庫より口のかたい男だ。わたしはその佐久くんより口がかたい」

「念のために繰返しますが、尾行は志賀栄太郎が自宅を出てから帰宅するまで、もし、旅行するようなことがあったら、旅行先まで行ってもらう」

「期間は一週間でしたな」

「さしあたり、そういうことにしておきます。延期の必要があれば、あらためてお願いする。とにかく、絶対に見つからんようにやってくれないと困る。尾行経過を写真に記録する必要はない。志賀が店をしまうのはたいてい六時ごろだから、五時半に張込めば間に合うでしょう」

玉川は立上った。坐っている間は気づかなかったが、かなり背の高い男だった。

久里十八は旅館の番頭のように先に立つと、階段のところまで玉川を見送った。

わたしはテーブルに残された手札型の写真を手にとった。志賀栄太郎――玉川の置いていった写真だ。短く刈りあげた髪には白いものがまじって、小太りながら端正な顔だちである。

「素行調査ですか」

戻ってきた所長に聞いた。

「いいところへ来てくれたよ」

久里十八はニコニコしていた。背が低くてカボチャのように太っている。トマトのように赤いツヤのある頬は、ヨダレかけが似合うにちがいない。二十代の初めから薄くなりだしたという髪はほとんど禿《は》げつくして、磨かなくても赤銅色に光っていた。

「被調査人は志賀栄太郎――」

久里十八はもとの椅子に腰を沈めて言った。

「丸の内の東洋ビル一階で、栄美堂《えいびどう》という時計店をだしている。年は四十九歳、わたしと同じだな。自宅は若葉町、文化放送の裏あたりだ。数年前に女房を亡くしたが、その後再婚した。音楽学校でピアノをやっている先妻の娘が一人、十九歳で名前は千絵子《ちえこ》。だいたいこんなところだ。やってくれるかね」

「調査目的は何ですか」

「多分、女関係だろう。仕事のことではないらしい」

「聞かないんですか」

「聞いたが、言わなかった」

「なぜだと思います」

「わからん」

「それなのに引受けたんですか」

「わたしには扶養家族がいる」

「いくら置いて行きました」

「一万円だ」

「ちがいますね。ぼくの見たところでは千円札で三十枚くらいはあった」

「見たのか」

「ポケットにしまうところも見ました」

「やむを得ない」

久里十八は憮然《ぶぜん》とした。そしてポケットの札束をテーブルに置いた。

「きみの言うとおり三万円だ」

「むろん、タクシー代その他の実費は別ですね」

「うむ」

「この事務所における素行調査の基本料金は、一週間の調査で一万円ということが壁の貼り紙に書いてある。それなのに三倍の料金を払っていった。おかしいと思いませんか」

「その代わり、調査目的を言わなかったし、自分の住所も教えなかった。しかも今日から直ちに調査をやらせようとするなら、三倍だしてもいいはずだよ。三万円はわたしの吹っかけた条件だ」

「相手はすぐに条件をのみましたか」

「のんだ」

「玉川という男の腕時計を見ましたか」

「いや」

「国産の安物でしたね。質流れなら二千円くらいのものでしょう。着ていた背広も上等だが、体に合っていなかった」

「どういう意味だ」

久里十八の顔色が、ようやく曇ってきた。

「あの男は三万円の現金をそう簡単に出せる男じゃありません。誰かに頼まれてきたんです。その証拠に、三万円の受領証を請求しませんでしたか」

「受取りを渡したのは確かだが……」

「当事者以外の、つまり、第三者の依頼を受けつけないことは私立探偵社の常識です。結果的に、恐喝《きようかつ》の片棒をかつぐことになりかねませんからね」

「きみは、わたしを脅かすつもりか」

「とっくに脅かしてます。東京都内に、興信所をふくめると私立探偵の看板を出しているところが百社近くある。その多くが、会員に興信録や業界新聞を売りつけるだけのインチキ探偵社としても、そのうちの幾社かはしっかりした仕事をして、世間の信用も得ている。多勢の調査員をつかって、全国的に活躍している有名な探偵社もある。職業別の電話帳を開けば、数多い探偵社におどろくでしょう。それなのに、玉川という男は、なぜ、このちっぽけな探偵事務所を選んだのか。ラーメン屋の二階を借りて、電話一本で個人営業をしている久里十八探偵事務所を、ことさらに選んだ理由は何か。ぼくはおかしいと思います」

「うむ」

久里十八はうなったきり、黙りこんでしまった。沈黙は、わたしが一本の煙草に火をつけ、それを喫《の》み終るまでつづいた。

「きみは、この仕事を断るのか」

久里十八の顔が上った。最前の元気はなかった。

「ぼくはまだ条件を聞いていません」

「一万円だそう」

「お断りします。三万円の札を見てしまいました」

「一万五千円ならどうだ」

「お断りですね」

「わたしには小学校に入ったのを含めて五人の子供がいる」

「知ってます」

「一万七千円」

「ご自分で調査したらどうですか」

「一万八千円」

「…………」

「二万円にしよう。あとはかんべんしてくれ」

久里十八は汗をかきだした。彼のように目立つ顔は、尾行に不向きなのだ。一度で顔を憶えられてしまう。それを知っているから、尾行だけは自分でやりたがらない。

「結構です」

わたしは承知した。

久里十八はほっとしたように椅子の背にもたれると、満面に浮んだ汗をふいた。

わたしは志賀栄太郎の自宅と栄美堂時計店の住所を控え、二万円といっしょに志賀の写真を受取った。

「きみが、正式にうちの調査員になってくれると助かるんだが……」

久里十八はわたしの手に移った札束を残念そうに見て言った。幾度も聞かされている愚痴だった。返事はわかっているはずなので、わたしは答えなかった。

現在のわたしの立場は、だれの命令もうけずに、自分が興味をもったものだけを選ぶことができる。そうでなければ、自分で事務所を開くか、組織のしっかりした探偵社の社員になったほうが有利なこともわかっている。わたしはただ、そうなりたくないだけだった。

二

アパートに帰って四時半まで眠った。近所のレストランで軽い食事をすますと、新宿まで歩いてから地下鉄にのった。

東京駅下車。

地上に出ると、九階建の東洋ビルは眼前にあった。戦前からの建物で、どっしりした外観はいかにも重苦しいが、照明の明るい内部は、意外なほどモダンな感じである。

その一階中央廊下に沿って、両脇にショー・ウインドウをつらねた商店は、書店、洋品店、カメラ店、薬局、美容室、喫茶店等、いずれも名前のとおった商店の出店が大半をしめて、ビル内に勤め先をもつサラリーマンたちの需要を満たしている。

栄美堂時計店は、この一階商店街のほぼ中央に、二間間口の店を開いていた。栄美堂の名はこれまで聞いたことがなかったが、店の構えから推して、かなりの老舗《しにせ》とみてもいいだろう。商品も豊富に取りそろえてあるようだった。

わたしは筋向いの「ロン」という喫茶店にはいって、廊下に面した窓際に席をとった。レースの黒いカーテンがかかっていて、わたしのほうから明るい外部を見ることはできるが、廊下のほうから喫茶店の中は見えないはずだった。

腕時計は五時二十分すぎ。退社時刻なので、帰宅をいそぐ人々の流れがあわただしい。運ばれたコーヒーの味はわるくなかった。

栄美堂の店内には女店員が一人、十九か二十歳くらいだろう、太りすぎて美人とはいえないが、愛嬌のある顔をしている。男の店員も一人、地味なネクタイをきちんとしめた実直そうな青年である。主人の志賀栄太郎は店の奥の、小さなテーブルに向っていた。横顔しか見えないが、写真より柔和でインテリくさい感じである。客の姿はなかった。

六時十分前になると、店内を片づけはじめて、ウインドウのカーテンを下ろした。六時ちょうどに男女の店員が肩をならべて帰宅、志賀が店の錠をしめたのは六時五分過ぎだった。

東口の正面玄関を出て地下道にもぐった彼は、自動販売機の切符を買って、新宿方面へ行く地下鉄にのった。

自宅の降車駅である四ツ谷を通過、新宿で下車してそのまま京王線に乗りかえた。

最後に下車したのは、二つ目の幡ケ谷だった。彼は駅前の果実店で一ふさのバナナを買った。

――清風荘。

バナナの包みを抱えて、志賀栄太郎の姿が消えていったアパートの名だ。新築モルタル塗りの二階建、ベランダを広くとって、一枚ガラスの引戸もしゃれた感じである。

志賀の姿は、間もなく二階左隅の部屋に現れた。迎えたのは若い女性だった。

清風荘はバスがようやくすれちがえるくらいの通りを隔てて、小学校の校庭に向っている。わたしは小学校のコンクリート塀を迂回《うかい》して、校庭にはいった。日はとうに暮れ落ちて、校庭に人影はなかった。偵察には絶好の条件だろう。それでも、わたしは銀杏《いちょう》の木蔭にからだを寄せた。かすかな星明りを恐れたのだ。

志賀は部屋にはいるなり、女を抱いた。わたしが塀を迂回してきたときにも、抱擁はつづいていた。だれにも見られていないつもりだろうが、現にわたしが校庭から眺めているし、通行人も顔をあげれば見ることができるにちがいない。

女はさからわなかった。ワンピースのファスナーが裂け、肩があらわになり、そしてブラジャーのホックがはずされた。やがて、女の手が電灯のスイッチに伸びた。暗転する一瞬に、折重なって倒れる二つの影がもつれた。

わたしはふたたび校庭を迂回して、清風荘の前に戻った。

二階に上って、女の表札をさがした。

——山名江美《やまなえみ》。

小さな名刺がドアにはりつけてあった。

「アパートの管理人は、どちらでしょうか」

玄関で出会った中年の男に聞いた。

隣の酒屋が、家主だという返事だった。

「山名江美さんについてお尋ねしたいのですが——」

わたしは自分の名前と職業を告げた。

酒屋の亭主は私立探偵という職業が理解できなかった。わたしは説明した。それでも亭主はわからなかった。構わずに話をすすめることにした。

「山名さんに縁談がありまして、それで調査を頼まれているのです。山名さんのお勧めはどちらですか」

「あの娘が嫁にいくんですか」

「話がまとまればそうなります」

「そいつは止《よ》したほうがいい」

酒屋の亭主は言下に言った。

「なぜです」

「あの女は、わたしの知っているだけでも五回結婚している。まだ二十一歳だというのに、五回ですよ、あんた」

「つい先程、山名さんの部屋へ入っていく男を見ましたが、それが五回目の旦那ですか」

「どんな男でした？」

「年は五十前後、髪を短く刈りあげて、恰幅《かっぷく》のいい男だった」

「それはちがいます。一と月くらい前から時折り現れるようになった男だが、まだ六回目の結婚をしたという知らせはない」

「五回目の結婚はどうしたんですか」

「別れたのだろう。相手の男は一と月くらい前から見えなくなった。さっき、あんたの見た男というのは、その後釜ですよ。最初に、結婚したといって、背の低い三十くらいの男をつれてきたのが、ちょうど去年の今頃だった。その男は三ヵ月ほどで消えてしまった。第二の亭主との結婚はそれから間もなく、やはり二、三ヵ月しか続かなかった。そんな調子で、この一年間に五回亭主をかえた」

「おかしな女ですね」

「おかしな女だ。いちいち知らせてくれなくてもいいと思っているが、新しい亭主を見つけると、かならずそいつをつれて挨拶にくる。それがみんな、あの女より二十以上も年上の男ばかりです。四人目の亭主などは七十近いじいさんだった」

「結婚すると、女が男の家にはいるのが普通でしょうが、山名さんの場合はちがうようですね」

「そこがいちばん妙なところです。結婚したからといって、亭主は一緒にくらすわけではない。まめな男で一日おき、五回目の亭主は週に一度しかこなかった」

「すると、女は妾《めかけ》じゃないですか」

「そう見るのが常識かもしれない。だがあの女は結婚運が悪いのだと言っていますよ。とにかく、あの女との結婚は止めたほうがいいですね。気だてのいい女だが、あんたのためにならない」

酒屋の亭主は、縁談の相手をわたし自身と思ったらしかった。

外へ出てアパートの二階を見たが、山名江美の部屋の電灯は、依然消えたままだった。

三

昨夜、志賀栄太郎が清風荘を出たのは、十時ごろだった。山名江美は、夜道を幡ケ谷駅まで見送って別れた。志賀はふたたび新宿に出て、今度は国電にのりかえて帰宅した。

志賀の家は、四谷見附から新宿にむかう都電通りを左に折れて、静かな家並のつづく住宅地の、ほぼ百メートルほどのところにあった。四ツ谷駅から五分くらい。大谷石の門の脇にガレージがあって、前庭に植込みを茂らせた古風な洋館である。志賀が玄関の戸を開けたとき、だれも出迎えたようすはなかった。

「つめたい家庭らしいな」

けさがた電話で報告すると、久里十八は起きぬけらしい声で答えた。

「栄美堂について、できるだけのことを調べておいてください。時計関係の業界新聞社へいけば、たいていのことはわかると思います。ぼくは彼から眼をはなせませんから、そのほうはよろしく頼みます」

わたしはそう言って電話を切った。

けさは八時半に志賀の自宅の張込みについた。店をひらくのが九時半と聞いたからだ。

志賀は午前九時に家を出た。娘はわたしが着く前に家を出ていたようである。彼はガレージをのぞきかかったが、車は使わなかった。

四ツ谷から地下鉄でまっすぐ東京駅へ。店はすでに開いていて、ふたりの店員が掃除を終りかけたところだった。おそらく、店の鍵は店員も預っているのだろう。

志賀は昨日と同じテーブルに向って、しばらく新聞を読んでいたが、店内中央の大きな振子時計を仰ぐと立上った。十時五分前だった。志賀はショー・ウインドウに腕時計を並べている男の店員に話しかけた。

店員は短く答えて頭をさげた。

志賀は店を出た。

東口玄関から外へ出ると急ぎ足になった。地下道を国鉄東京駅の北口へぬけ、さらに駅構内の通路を八重洲北口へぬけた。行先は高島屋だった。正面入口に髪を染めた若い女が待っていた。

女は美人だった。志賀栄太郎より二十五、六は若いだろう。ほっそりした和服姿の、えりあしの白さが遠目にも際立った。娘にしてはおとなびているし、妻にしては若すぎた。

ふたりはつれだって店内にはいった。開店したばかりなので客の数は少ない。

一階ハンドバッグ売場、女は熱心にガラスケースの中のハンドバッグをのぞきこみ、幾つかをケースの上に出させて、店員との問答をくりかえした。志賀が時折り言葉を添えていた。

その間に、わたしはカメラのシャッターをきった。これも仕事のうちで、報告書につけるためだ。

結局、思案の末のハンドバッグは淡いアメ色のトカゲ革にきまった。

女はさすがにうれしそうだった。包装紙に包ませずに、腕にさげていた小さな黒いハンドバッグを買ったばかりのハンドバッグにしまいこむと、大切そうに腕にかかえた。

代金は志賀栄太郎がはらった。そして、女店員から受取ったレシートは、その場にまるめて捨てた。拾ってみると、一万六千円の定価がタイプされていた。

志賀と若い女は、肩をならべて高島屋を出た。ふたりが玉川に出会ったのは、銀座方面へほんの十数歩あるきかけたときだった。

この出会いは偶然だったようである。志賀は一瞬玉川を避けようとした。顔を伏せてすれ違おうとしたところを、玉川に呼びとめられたのだ。

女は頭をさげて玉川と挨拶をかわした。以前からの知合いらしく、玉川の顔は笑っていた。背中を向けているので女の表情は見えなかった。

三人は往来の人通りをさけて、舗道の隅に寄った。

玉川は志賀と話しながら、時折り周囲に視線を走らせた。志賀を尾行しているはずの、わたしの姿を探すらしかった。

三人の立話は短かった。

やがて、女はタクシーをとめると、志賀と玉川を舗道に残して走り去った。

間もなく、玉川も志賀に別れて日本橋方面へ別れていった。

志賀はしばらくその場に立って、玉川の後姿を見送ったが、あとはまっすぐに自分の店へ戻った。

わたしは昨日と同じ喫茶店の二階に席を占めて、退屈な張込みをつづけた。

四

志賀栄太郎が栄美堂を出たのは午後四時二十分過ぎだった。出かけねばならぬ用事は電話で伝えられたらしい。受話器をおろすと、男の店員に興奮した様子で何事か言残して外出した。

地下鉄のホームまでほとんど駆足だった。電車に乗っても、一ヵ所に落着いていなかった。比較的すいていた車内を幾度となく往来した。

四ツ谷駅で下車。

若葉町の近くまでくると、道路に立ちどまって私語をかわしている人々の姿が見えた。志賀家の門前は、いっぱいの人垣で、その向うにパトカーが一台、さらに黒塗りの乗用車が二台とまっている。門柱の両脇に制服警官の姿が見えた。

志賀栄太郎は人垣を分けると、門の奥へ消えた。

「何があったんです？」

わたしは弥次馬《やじうま》の中から話好きそうな女を選んできいた。

「おくさんが殺されたんですよ」

女の眼は好奇心を露骨に示していた。亭主が会社にでかけた留守中を、それまでは退屈していたにちがいない。よくふとった中年の女で、白粉気《おしろいけ》のない顎《あご》が二重になっていた。

「あなたはご近所のかたですか」

「そうです。すぐお隣ですわ」

「おうかがいしたいことがあるんですが……」

わたしは人垣をぬけて、女を道路の端にみちびいた。

「新聞社の方ですか」

女はわたしを見て言った。

「わかりますか」

「わかりますわよ。言葉つきで、すぐにわかりましたわ」

女は得意そうに笑った。

「それでは早速ですが、犯人はまだ捕まらないんですか」

「捕まらないらしいですよ」

「犯人の名前などはわかってるんですか」

「さあ？　まだ何もわからないんじゃないかしら。音楽学校へ行ってらっしゃる娘さんが学校から帰ってきて、死んでいるおくさんを見つけたそうです」

「それで、すぐ警察へ知らせたんですね」

「そうだと思います。あたくしはパトカーがくるまで知りませんでした」

「なぜ殺されたんですかね」

「わかりませんわ。あまり近所づきあいをなさらない方たちでしたし……」

「夫婦仲はよかったんですか」

「よかったんじゃないかしら。おくさんは後妻ですけど、若くて、とてもきれいなひとですわ」

「幾つくらいですか」

「二十四、五だと思います。知らない人は、千絵子さんのお姉さんと間違えるくらいです。ご主人とは、倍くらい年がちがいますわ」

「千絵子さんというのは?」

「最初のおくさんの娘さんです。最初のおくさんは四年くらい前になくなられたそうですから」

「ご主人の勤め先を知ってますか」

「丸の内のほうと聞いたことがあります。たいてい朝の九時ごろ、ご自分で車を運転して出かけてました」

「志賀さんは、ご夫婦と娘さんの三人暮らしだったわけですね」

「はい」

「ご近所で、どなたか犯人らしい男を見た人はいませんか」

「あたくしは気づきませんでしたけど」

「強盗にやられたとは思いませんか」

「どうでしょうか。あたくしは首を絞められていたという話しか知らないんです。こわくて、ふるえてしまいました」

「ご主人はどんなお人ですか」

「品のいい、やさしそうな方です」

「別に悪い評判は――」

「ありません」

「殺されたおくさんのほうは?」

「髪を染めたりして、服装なども派手好みでしたけど、おとなしい感じでした」

「娘さんはどうです?」

「気持のやさしい、とてもいい娘さんですわ」

女は質問を待っていたように、つぎつぎと答えた。きけばどんなことでも答えそうだ。だが、きいて役にたつ肝心のことだけは、何も知らないようだった。

質問を打切ることにした。

五

久里十八探偵事務所へ戻ったときは、すっかり日が暮れていた。

久里十八は不在だった。

「久里さんは?」

すでに帰り支度をして、タイプにカバーをかけている加山春江にきいた。

「忙しいといって、でかけたきりだわ」

「連絡もないのか」

「ないわ。行くえ不明よ」

「何時ごろ出かけたの」

「十時半ごろかしら、事務所に顔を出すと、すぐにとびだしてしまったわ」

「映画の早朝割引に行ったんじゃないだろうな」

「そうかもしれないわ。二本立ての映画を見て、ご飯を食べて、今ごろは碁会所にもぐってるかもしれないわね」

「久里さんが忙しがるほどの仕事はないはずだからな」

わたしも加山春江と同じ考えに傾いた。栄美堂のことを調べに出たついでに、映画館へもぐってしまうことは、きわめて的中率の高い想像だった。

「佐久さんがきてくれて、ちょうどよかったわ。もし、久里さんが戻らないようだったら、ちゃんと鍵をしめて、鍵は階下《した》のおじさんに預けていってね」

「もう帰ってしまうのか」

「デイトの約束が三つもダブってるのよ」

彼女はすまして言った。入口のドアの鍵をわたしの胸のポケットに投げこむと、ハイヒールの音を残していってしまった。

わたしが足のきれいな女に反感を抱いている理由は、おそらく彼女によって植えつけられたものにちがいない。

久里十八はそれから約一時間ほどたって戻った。疲れたような顔をしていた。

「栄美堂は時計屋だ。東洋ビルに店をだしているくらいだから、一流の店とみていいだろうが、宝石類まで扱うほどの店ではない」

十八は応接間のソファにぐったり腰を落として言った。すでにわかっていることばかりだった。

「業界新聞へは行きましたか」

「行った」

「それで?」

「一応のつきあいという程度で、業界新聞にも時折り広告をのせているが、広告代の払いはいいらしい」

「それだけですか」

「もう少しある。志賀栄太郎が東洋ビルに店をだしたのは約二年前だ。それまでは五反田の広小路あたりで、小さな時計屋をやっていたらしい。そこへ、たまたま東洋ビルの店があくという話があって、これ幸いと店を移したわけだな。東洋ビルの店は、以前は洋服の生地屋だった。ところが、洋服屋の亭主が病気で死んでしまい、寂しくなったカミサンは故郷へ帰りたくなった。そこで店を売りにだしたという話だ」

「故郷へ帰った洋服屋のカミサンと志賀との関係は?」

「無関係だ。周旋屋が間に入っている」

「周旋屋へも行きましたか」

「もちろん行った。銀座不動産といって銀座七丁目にある。志賀は新聞広告を見てきたようだ」

「だいぶ金を持っていたんですね」

「そうだろう。店の権利金だけでも七百万という話だった」

「志賀栄太郎の女房が殺されましたよ」

わたしはふいに言ってやった。

久里十八はとび上った。

「ほんとか」

「ほんとです」

「どういうわけだ」

「わかりません」

わたしは尾行の経過を話した。

「すると――」十八が言った。「留守中に殺《や》られたんだな」

「そうでしょう」

「玉川が志賀の尾行を依頼してきたことに関係があるだろうか」

「あると思いますね」

「どういうふうに――?」

「調べてみます」

「しかし、玉川はそこまで調査を依頼していない。調査費用はどうするのだ」

「調べていれば、金を出してくれる者がでてくると思います」

「なぜそんなことがわかる?」

「わかったとは言いません。しかし、玉川の依頼は普通の素行調査とはちがいます。玉川は、志賀の女房が殺されることを知っていたのかもしれない」

「わからんね」

「わからなくて結構です」

わたしは立上った。

そのとき、ドアをノックする音がした。

六

ドアを押してはいってきたのは玉川だった。昨日、調査を依頼にきたときのような落着きはなかった。

「たいへんなことになった」

玉川は言った。

「志賀のおくさんが殺されたようですね」

わたしが言った。

「知ってたのか」

「志賀栄太郎の尾行を依頼したのはあなたです。ぼくは昨日につづいて、今日も志賀をつけていた。午後四時ごろ、志賀は電話を聞いて家に帰った。そしたら、おくさんの死体が警察官にとりまかれていたというわけです。それから、ぼくは引返してきました」

「こんなことになるとは思わなかった。調査は打切ってもらおう」

「まだ二日しか尾《つ》けていませんよ。約束は一週間だった」

「だから中止したと言ってるんだ。渡した金を返せとは言わない」

「調査の目的は何だったんですか」

わたしは玉川から視線を放さなかった。玉川は明らかに動揺していた。

「それを聞いてどうするのだ」

「志賀栄太郎夫人殺しの参考にします」

「ばかなことを言うな。あの女が殺されたこととは関係がない」

「無関係なら言ってもいいと思いますがね」

「すこししゃべりすぎるようだな、若いの」

玉川の口調がガラッと変った。

「おとなしくしないと口がきけないようになるぜ」

「――――」

わたしは無言で笑った。

「おれをだれだと思うね」

「玉川という鶏のガラみたいに痩せた男だ。凄《すご》んでみせても、ハッタリのきく人相じゃない」

「言いたいことを言ったな」

「言いたくないことでも言うときがある」

「口がへらねえらしいな、小《ち》っちゃいの。名前はなんて言うんだ」

「昨日、所長が紹介したはずだ」

「忘れたよ」

「どうせ忘れるなら、聞いても無駄じゃないか。それより、なぜ志賀の素行を調べたかったのか、それを聞かせてもらいたいな」

「おれは気が短いぜ」

「ぼくも気の長いほうではない。言いたくなければ、ぼくのほうから話をすすめよう。志賀栄太郎の尾行について、依頼人はあんたではなかった。あんたはだれかに金を渡され、頼まれてやってきたんだ」

「ふん」玉川はやせた肩をゆすった。「そんなことで、頭のいいところを見せたつもりかい。ばかな野郎だ。おれは、人に頼まれて歩きまわるようなチンピラではない。とにかく、調査中止で用事はすんだはずだ。二日間の報告書を作っておいてくれ。気が向いたときに受取りにくる」

「こっちから届けてもいいんだがね」

「おれの住所を知りたいのか」

「そうすれば調べる手間がはぶける」

「いちいち気に入らねえことを言うな」

玉川は、椅子にすわっているわたしの眼前をふさぐように立った。右の拳《こぶし》がかたく握られていた。

「こいつを黙らせる方法はないのか」

玉川は久里十八に向って言った。

十八はしばらくわたしの顔色をうかがっていた。

「五千円だしますか」十八は赤い顔をさらに赤くして言った。「五千円だせば黙らせよう。佐久くんはわたしの言うことならなんでもきく」

「犬みてえな奴だな」

玉川は蔑《さげす》むようにわたしを見おろして、折畳みの財布を開いた。

「千円にまけとけ」

「だめだ。こいつは値切られるのがきらいなんだ」

「五千円は多すぎる」

「それでは、四千円にしておこう」

「三千円だ」

玉川は三枚の千円札を数えてテーブルに置いた。

「おれは痛くねえ腹をさぐられるのがいやなんだ。弱味があって出す金ではない。その代わり、妙にカングって騒ぎ回るようなことをしたら、二本足で歩けねえようにしてやるぜ」

玉川はダミ声で最後の凄味《すごみ》をきかせると、女の肩をなでるようなやさしさで、わたしの肩をたたいて出ていった。

「うまくいったじゃないか」

十八は不安そうにわたしの顔をのぞいた。金を受取ったことで、気がさしているのだ。

「千五百円ずつ、山分けにしよう」

「ぼくはいりませんよ」

「怒っているのか」

「怒ってもいません。ぼくはまだ黙りたくないからです。金は久里さんがもらっておけばいいでしょう。ぼくはこれから幡ケ谷まで行ってきます」

わたしは立上った。

七

幡ケ谷、清風荘の二階、山名江美の部屋には明りがともっていた。

二階に上り、ドアをノックした。

「どなた？」

女の声が返ってきた。

「ぼくです」

「ぼくじゃわからないわ」

「顔を見ればわかると思います」

「誰なのよ」

ドアがあいて、女の顔が覗《のぞ》いた。

「山名江美さんですね」

「あんたは誰？」

「佐久といいます」

「聞いたことないわ」

「そのうち、ちょくちょく聞くようになります」

「どんなご用なの？」

「部屋に入れてくれませんか。そうしないと、お話がしにくい」

「夜になって、女一人の部屋に上らせろなんて失礼じゃないかしら」

「昨夜の人はご主人じゃなかったんですか」

「――――」

江美はおどろいたらしかった。警戒するような眼で、わたしを見つめた。美しい眼をしている、わたしはそう思った。化粧を落としているが、化粧しだいではもっときれいになる顔だ。ただし、知的な匂いは全くない。真っ赤なナイト・ガウンの、V字形に深くひらいた胸もとに、白い乳房がゆたかにふくらんでいた。

「あんたは誰？　ほんとに誰なのよ」

「私立探偵です」

「私立探偵？」

「そうです」

「証明書を見せてもらいたいわ。あたし、私立探偵のでてくる推理小説を読んだから知ってるのよ。私立探偵はちゃんと証明書を持っているはずだわ」

「外国の私立探偵はそうかもしれない。しかし、日本はちがう。私立探偵を始めたければ、たった一人のアパート住まいでも開業できる。警察に届ける義務もない。つまり、証明書を発行する役所がないわけだ」

「便利なのね」

「悪い奴には便利でしょう。悪質な私立探偵も少くない」

「あんたはどうなの？」

「ごらんのとおりです。話し合えば、もっとよくわかる」

「でも、あんた、なんとなく探偵みたいじゃないわね。探偵というのは、もっと背が高くて、タフな感じじゃないかしら」

「ぼくは推理小説の主人公ではない」

「図々しいところが似ているわ」

「ありがとう」

「入ってもいいわ。その代わり、変なことをしたら大声をだすわよ」

江美は握っていたノブを放して、体をひいた。

わたしは部屋に入った。

二間つづきの、奥の部屋にセミダブルサイズのベッドが見えた。畳の上に緑と赤の花模様のジュウタンを敷いて、二間とも洋風にこしらえてある。洋服簞笥《だんす》、三面鏡、テレビ、台所には電気冷蔵庫——調度品は一応ととのっている。入口に近い部屋には、応接セットの低いテーブルと、向い合いにソファが置いてあった。テーブルには吸殻のたまった灰皿と実話記事専門の週刊誌が一冊、クリーム色の壁には映画俳優の写真が数枚、男優女優ごちゃまぜに貼りつけてある。

先に立った江美がソファに腰をおろした。

わたしは向い側のソファに坐った。すると江美が立上って、わたしのとなりに移ってきた。

香水の匂いがした。

「お話をうかがうわ。昨日の夜のことをどうして知ってるの」

「答える前に、ぼくの質問から先に答えてくれないか。昨夜の男とは何で知りあったんです」

「ちょっとした関係よ」

「その、ちょっとした関係が知りたいんだ」

「なぜそんなことをきくの」

「昨夜の男の女房が殺されたのだ」

「ほんと？」

「明日の新聞を見ればわかる」

「誰に殺されたの」

「わからない」

「おどろいたわ」

江美の眼はたしかにおどろいていた。芝居ではないだろう。

「それで、あんたは犯人を探してるのね」

「そういうわけでもない。昨夜の男、志賀栄太郎について、いろんなことを知りたいんだ」

「あたし、あまりよく知らないわ」

「少しでもいい。その代わり知っていることは全部だ」

「ある人に紹介されたのよ。先月の初め頃だったわ」

「ある人とは？」

「言えないわ」

「どうして？」

「そんなこと言ったら大へんよ」

「玉川という男だろう。背の高い痩せた男だ。鼻の脇にイボみたいなホクロがある」

「あら、玉川を知ってたの」

「やはり玉川か」

「あたしが言ったなんて言っちゃ厭《いや》よ」

「言いやしないよ。ぼくはあいつが嫌いだし、あいつもぼくを嫌っている。なぜ、あいつに紹介されたんだい」

「いつもそうなのよ」

「もっと詳しく話してくれないか」

「あたしって、ほんとは結婚したいのよ。それなのに、いつもうまくいかないんだわ。それで、お金のある人を紹介されると、つい駄目になってしまうのね。七十のおじいさんと暮らしたこともあるわ」

「むかしのことは言わなくていいよ。志賀の場合も、ほかのときと同じような条件で紹介されたのか」

「そうね」

「玉川がつれてきたんだな」

「――――」

江美は黙って頷《うなず》いた。妙にしんみりとしてしまった。

「すると、玉川はそんなことを商売にしているのか。つまり、きみのほかにも何人かの女を紹介してるんだろうな」

「よく知らないわ」

「玉川とはどこで知合ったんだ」

「喫茶店でコーヒーを飲んでいて、なんとなく知合ったのよ」

「嘘をつくには、きみは正直すぎるらしい。別の返事をしてくれないか」

「………」

「それでは、以前きみが勤めていたところだけでも教えてくれ。今の生活に入る前のことだ」

「銀座のバーにいたわ。サファイア——あまり上品なところじゃないことは知ってるでしょ」

「どの辺にあったかな」

「電通ビルの裏のほうよ。小さいし、地下だから目立たないわ」

銀座の地理はほとんど頭の中に入っているはずだが、思い出せなかった。

わたしの知っている〝サファイア〟は、麻布の六本木にあった。一度行ったことがあるだけだが、それはナイトクラブだった。

「先月の初め頃、というと約一ヵ月経つが、その頃きみは玉川に志賀を紹介された。それから、志賀は時折りここを訪れるようになった。そういうわけだね」

「毎週、金曜か土曜の夜きたわ」

「昨日は金曜だった」

「もう止《よ》しましょうよ、そんな話」

江美はわたしの左手をとって、自分の股《もも》の上に置いた。

「あんた、いい人らしいわね。好きになりそうだわ。いけないかしら」

「いけないだろうな。ぼくには女房がいるかもしれない」

「いたってかまわないわ」

江美はわたしの手を自分の胸に滑りこませた。

「どう?」

「いい感じだ」

「ほんとに?」

「とてもいい感じだよ。あたたかくて、やわらかで、すべすべしている。それに、きみはチャーミングだ」

「もっといいところを教えてあげられるわ」

「知ってるよ」

「それなら向うのお部屋へ行かない?」

「残念だが――」わたしは彼女の胸から手をぬいて立上った。「早く帰らないと、おふくろに叱られるんだ。最後に、玉川の住所を教えてくれ」

「冷いのね」

「血のめぐりが悪いんだ。そのうち熱くなるかもしれない」

「玉川の住所を聞いてどうするの」

「会いに行く」

「それから?」

「会ってみなければわからない」

「あたしのことは言わない約束よ」

「彼の住所を教えてくれたら約束をまもる。教えてくれなくても、見つけだす方法はあるけどね」

「言うわ。神田の三崎町、水道橋の駅で下りればすぐよ。三崎荘アパート」

「印刷屋をやってるんじゃないのか」

「あら、どうして?」

「何となくそんな気がしてたんだ」

わたしは退散することにした。江美が駅まで送ると言ったが、断って外へ出た。

暗い、風のない夜だった。

八

翌朝の新聞は、五段ぬきの見出しで志賀栄太郎夫人殺しを扱っていた。

殺された妻の名は伊佐子《いさこ》、二十四歳。

わたしは新聞を開いてびっくりした。被害者があまりに若かったからではない。写真をみておどろいたのだ。被害者は、昨日高島屋で志賀栄太郎にハンドバッグを買ってもらった女にちがいなかった。志賀が生きている妻を最後に見たのがそのときだったし、わたしもその場に立会ったことになる。新しいハンドバッグを胸に抱いて帰った女は、それから何時間か後に死体となったのだ。

朝飯は、長年の習慣で食べたことがない。起きぬけにアパートをとびだすと、四谷署へ行った。

ちょうど、捜査係室を出てきた郷原《ごうはら》部長に会った。

「しばらくです」

わたしは声をかけた。

部長はよくない眼つきでジロッとわたしを見たが、そのまま無視して行ってしまった。捜査の成りゆきが思わしくないのだ。それに徹夜をして疲れているのだろう。

わたしは、部長のあとを追って署を出た。百メートルほど外苑のほうに向って行くと、部長は紺のノレンをくぐった。太平軒——大衆食堂である。注文すれば、一ぱい十五円のワカメの味噌汁から納豆までそろっている。

食事時をはずれているので、店内はガラ空きだった。客は隅のテーブルに陣どった部長一人しかいない。

わたしは部長と同じテーブルに向い合って腰を下ろした。部長は厭な顔をした。

「何にしますか」

店の奥の調理場から、食堂のおかみが声をかけた。

「カツ丼」

部長は怒鳴るように答えた。

わたしは腕時計を見た。ひる飯には早すぎるが、午前十時にひる飯を食べてわるいわけもない。

「そちらさんは？」おかみの声。

「こっちもカツ丼だ」

食欲はなかったし、太平軒のカツ丼がまずいことも知っていたが、わたしは部長につきあうことにした。

「殺しがあったようですね」

わたしは部長に話しかけた。

部長は答えなかった。知らぬふりをして、指先で歯ブラシのように濃い口ひげをつまみながら、壁にかかったカレンダーを眺めている。私立探偵が嫌いなのだ。

「今度の殺しのことで、いい情報《ネタ》が入っているんだが……」

わたしは天井へむかって呟《つぶや》いた。

部長の視線が動いた。わたしのほうをチラッと見たが、その手にはのらぬという顔つきだった。

わたしはそのまま黙っていた。

「何か知っているのか」

部長は我慢しきれなくなって、話しかけてきた。

わたしは煙草に火をつけた。

「どんな話だ」部長は催促した。

「お聞かせするほどの話じゃないかもしれません」

「聞かなくてはわからん」

「よしましょう。つまらん話です」

「つまらんかどうかは、わたしが判断する」

「いや、やっぱりよしましょう」

「なぜだ」

「余計なことを話してもしようがない」

「気をもたせるのはいい加減にしろ。そこまで話しかけて、中途でやめられては気分がわるい」

「一昨日、志賀栄太郎の素行調査を頼みにきた男がいる、ただそれだけですよ。事件とは無関係かもしれない」

「聞こう。話してくれ」

「どうしてもお聞きになりたいなら」

「どうしても聞きたい」

部長は体をのりだしてきた。

「その代わり、警察のほうの情報も分けてくれますか」

「取引か」

「ぼくの商売を、部長はご存じのはずです」

「どんなことを話せばいいのだ」

「新聞にでていたことなど」

「それならばいい」

部長は少し安心したようだ。すわりのわるい椅子を動かして坐りなおした。

カツ丼はだいぶ手間どっている。

「新聞記事を確かめたいのですが、千絵子という娘が死体を発見したのは何時ですか」

「なんだ、わたしから先に話すのか」

「聞き逃げされたことがありますからね」

「物憶えがいいな」部長は一瞬憮然とした。「発見は四時頃だ。すぐに一一〇番を呼んで、それから父親に知らせたと言っている」

「玄関の錠はかかってなかったんですか」

「いなかった。庭に向いた窓ガラスも開いていた」

「盗《と》られた物はありませんか」

「箪笥の中を掻《か》きまわされていたが、盗られたのはハンドバッグにあった現金だけらしい。現金の額は不明、トカゲ革の新しいハンドバッグだが、それは残していった。品物からアシがつくのを警戒したのだろう」

「指紋は？」

「家族以外の指紋は見つからない。犯人は手なれたやつだ」

「兇器は何ですか？」

「細い紐みたいなものだろう。喉《のど》にくいこんだあとがある」

「死亡時刻の推定はつきましたか」

「まだわからん。解剖はこれからだ」

「部長の推定で結構です」

「間違っていてもしらんぞ」

「わかっています」

「午前十時から正午頃《ひる》の間だろう。死後数時間は経っているようだった」

「目撃者がいたようですが――」

わたしはカマをかけた。

「そんなことも新聞にでていたのか」

部長はかるく引っかかった。

わたしは部長の読んでいそうもない三流新聞の名をあげた。

「新聞に出ていなければ、ぼくが知るわけもないでしょう」

「目撃者というのは近所の中学生だ」部長は放りだすように言った。「通りかかった中学生が、門から出てくる男を見た」

「何時ですか」

「正午頃らしい。痩せっぽちの、メガネをかけた若い男が、志賀家の門を出ると急ぎ足で都電通りのほうへ行ったそうだ」

「そいつの目星はついてますか」

「わかっていればカツ丼など食いにこない。わたしの話はこれでおしまいだ。ほかに話すことはない。きみの話を聞かせてくれ」

「もう一つ答えてください。妻が殺された動機について、夫の栄太郎は何と言ってましたか」

「全然心あたりがない、そう言っただけだ」

「娘は？」

「同じだ」

「そうですか――」

わたしは立場をかえて、昨日一日分の尾行経過を話した。一昨日の山名江美のことは、言いたくないので言わなかった。

「すると」部長は言った。「殺されたのは午前十一時すぎということになるな。高島屋で、栄太郎が妻の伊佐子に会ったのが十時頃、買物に三十分くらい費やしたとして、別れたのが午前十時半だ。それからタクシーでまっすぐに帰ったとしても、被害者は十一時頃まで生きていたことになる。いずれにしても、夫の栄太郎を疑うわけにはいかないが」

「夫を疑ってたんですか」

「そういうわけでもないが、伊佐子という女は、彼の女房には若すぎた。若い女房をもつと、ろくなことはない」

「痴情とみたわけですね」

「玉川の正体は不明らしいが、そいつの住所はどこかね」

「知りません」

「知らんことはあるまい」

「どうしても教えなかったんです」

わたしはもう一度玉川に会ってみる必要がある。その前に、彼を警察官に会わせたくなかった。それに、彼が住所を教えなかったのは事実なのだ。

「ご存じと思いますが、志賀栄太郎は東洋ビル一階の商店街で時計屋を開いています。この栄美堂時計店を洗ってみると、あるいは面白い事実が割れてくるかもしれません」

わたしは当てにならない思わせぶりを言った。警察のほうで調査してくれれば、こっちの手間が大いに助かるのだ。わたしのほうには、無駄かもしれぬところまで調査の手を伸ばす余裕がない。

そこへ、カツ丼が湯気をたてて運ばれてきた。食欲をそそる湯気ではなかった。

九

私立探偵をやとって自分の素行調査をさせる者はいないだろうから、玉川の依頼を第三者のさしがねとみた場合、それは志賀栄太郎の妻、伊佐子のさしがねと考えるのが常識だろう。だが、伊佐子はなぜ夫の行動を調べたかったのか。そしてなぜ、彼女は殺されねばならなかったのか。

わたしは郷原部長に別れて太平軒を出ると、若葉町へ向った。志賀家までは歩いて十分とかからない。

志賀家は、家人が留守かと思われるような静けさにつつまれていた。喪《も》の家にふさわしい静けさともいえるが、そのような静けさに沈むまでには、通常、葬式後何日かの日数を経なければならない。死体解剖のために、伊佐子の葬式は明日に延期されている。あたりまえの家ならば、今は弔問の客たちでとりこんでいるところだろう。刑事や新聞記者たちは引揚げたあとだとしても、伊佐子の死を悼《いた》む親類縁者の姿がみえぬのはどういうわけか。

志賀栄太郎は在宅していた。焦茶《こげちゃ》色の紬《つむぎ》に、黒い帯を無造作に巻きつけて、さすがに沈痛な面持ちである。

お尋ねしたいことがあると言うと、わたしを刑事とカンちがいした。直ちに応接間に通されたのは、カンちがいのお蔭だろう。私立探偵とわかると、来意をはかりかねたように太い首をかしげ、危険な動物を眺めるような眼つきでわたしを見た。

「それで——」志賀は言った。「わたしに尋ねたいというのは、どんなことですか」

「亡くなられたおくさんのことなど」

「わかりませんな。私立探偵というと、あんたに調査を頼んだ人がいるはずだ。その人の名をお聞きしたいですね。何を調べようとしているのか、わたしの答えはそれからにしたい」

「率直に申しましょう。依頼人はおくさんと思われるのです」

「家内が？」

志賀はますますわからないという眼つきになった。

「そうです。栄美堂時計店の店主志賀栄太郎——すなわちご主人の素行調査を依頼されました。さしあたって尾行を一週間。ただし、おくさんが直接の依頼人ではありません。間にはいって依頼にきたのは別の男です」

「別の男？　誰ですか、それは？」

「玉川」

「玉川？」

志賀は驚いたようだった。

「ご存じですか」

「…………」志賀は返事をためらった。「知ってはいるが……」

「玉川がわたしどもの事務所にきたのは、一昨日です。その日の夕方、志賀さんが栄美堂を出る前からわたしは張込みについて、尾行もしました。仕事ですから、お許しを願います」

「すると……」

志賀の言葉はつづかなかった。狼狽《ろうばい》は当然にちがいない。

「一昨日、志賀さんが幡ケ谷へ行かれたことも、昨日、高島屋でおくさんにハンドバッグを買ってあげられたことも、わたしは知っています」

「依頼人が伊佐子だというのは本当か」

「確信はありません。玉川は依頼人の名を明かしませんでした」

「しかし、妻はなぜ、わたしの素行を調べさせたのかね」

「それが、ぼくのお聞きしたいところです。玉川は理由を言いませんでした。失礼ですが、ご夫婦の仲は円満だったのでしょうか」

「わたしと伊佐子か」

「そうです」

「待ちたまえ。きみは私立探偵だというが、依頼人の伊佐子は死んでしまった。それなのに、今さらそんなことを聞いてどうするつもりかね」

志賀は警戒しはじめた。

「おくさんは普通の状態で死んだのではありません。殺されたのです。そこをよく考えてください。この事件には、くさいところが多すぎます。誰かが罠《わな》にかかっているのではないか――そんな匂いがするのです。そしてもう一つ、ぼくは犯人に利用されていたのではないかということです」

「わからんな、どういう意味だ」

「たとえば、志賀さんと顔見知りの者が、志賀さんを尾行すれば感づかれる危険が大きい。しかし、志賀さんを私立探偵に尾行させ、その私立探偵の後を其奴《そいつ》が尾《つ》けているなら、決して感づかれることはないでしょう。それでも、直接尾行した場合と成果は変りません。誰かに志賀さんの外出を確かめさせながら、留守宅のおくさんを襲う方法としても悪くない」

「――うむ」志賀はしばらく考えてから頷いた。「罠というのは、どういうことかね」

「まだわかりませんが、まず第一に罠にかかった人が伊佐子さんでしょう。そして殺されてしまいました。ぼくが探しているのは、伊佐子さんを操ったもう一人の人物です。罠にかかった人はほかにもいるかもしれない」

「それで、きみは犯人を探してくれようというのか。いや、もっと率直に言わしてもらおう。きみは、わたしに依頼人になれと言うのかね。せっかくだが、その話ならお断りする。わたしは私立探偵が好きではないし、事件のことは警察に任せてある」

志賀は誤解した。わたしが商売のために、新しい客をとりにきたと思ったのだ。

わたしは否定した。

「ぼくは自分の知らぬ間に、誰かに利用されていたという考えに我慢できないのです。まして、それが殺人事件に関係しているとすれば、このまま見過ごすことはできません」

「しかし、わたしの尾行を玉川がきみに依頼したことと、伊佐子の殺されたことが、確かに関連しているという証拠でもあるんですか」

「ありません。それがないから探そうというのです。あるいはぼくの思いすごしで、一人芝居に終るかもしれない。それでも、ぼくは自分の気がすむところまでやってみます。仕様がないでしょう。ぼくはそうせずにはいられない性質《たち》なんです」

「わかりました。きみは伊佐子を殺した犯人を探してくれるという。夫であるわたしは感謝すべきかもしれない。しかし、わたしにはやはり迷惑ですね。私生活の周囲を、他人のきみに嗅ぎ回られたくない。察してくれたまえ。わたしは昨日も警察官に調べられたし、今日もこれから四谷署へ出頭して、いろいろと聞かれなければならない。このようなことは犯人が検挙され、おそらく裁判が終るまで続くだろう。疑いはもたないにしても、刑事たちはわたしの身辺をさぐり、伊佐子の過去を洗おうとしている。もう沢山です。これ以上は、誰も私の生活に立入ってもらいたくない」

志賀は大分参っているようだった。妻が殺されたというショックだけでも大へんなはずなのだ。わたしにもそれがわからぬわけではなかった。

「結構です。志賀さんのお気持を承知した上で、二、三の質問をお許し願えませんか。決して、今後のご迷惑はかけません。玉川に命じて志賀さんの尾行調査を依頼したのはおくさんだったかもしれぬということと、幡ケ谷のアパートに志賀さんが若い女を囲っていたという二つのことから、ご夫婦の仲についてはお尋ねするまでもないものと解釈します。とすると、わたしは玉川を調べざるをえません。玉川とはどんな男でしょうか」

「知らん」

「そういうお答えは困ります。志賀さんは玉川を通じて、山名江美を紹介されたと聞きました」

「玉川は偶然知合った男だ。それ以上は言いたくない」

志賀はきっぱりと言った。怒りを耐えている口調だった。

「それでは質問をかえます。玉川はどこでおくさんと知合いになったのでしょう。高島屋の前で志賀さんご夫婦と玉川とが会ったとき、玉川は、以前からおくさんを知っている様子だった」

「それもお答えするわけにはいかない」

「ご協力願えませんか」

「残念だが、悪く思わんでもらいたい。家庭内のことについて、きみに割込んでもらう気がしないのだ」

「残念はぼくのほうです。ご在宅でしたら、お嬢さんに会わせてくれませんか」

「それも断らせてもらいます。娘にまで、これ以上の苦しみを負わせたくない。きみが娘に会おうとするのは自由だし、わたしはそれを止める力がない。しかし、できたら娘の気持を察してやって欲しい。娘は何も知らないのだ。それに今、娘は使いに出ていて家にはいない」

「そうですか――」

突放されたかたちだった。わたしは立上るほかなかった。私立探偵の介入を拒否しようとする志賀栄太郎の気持を理解してしまったのは、あるいはわたしの弱さかもしれない。

わたしは失礼を詫びて腰をあげた。

一〇

志賀家を出たのは栄太郎の協力を諦めたからだが、そのほかのことまで断念したわけではない。

使いに出たという娘の千絵子は、継母の葬儀を明日にひかえて、そう遠くまで出かけたのではないだろう。わたしは千絵子の帰りを待つことにした。

志賀の家から五十メートルほど都電通りへ戻ったところに、汚れた前掛けを吊るしたような暖簾《のれん》に「ちとせ」と白く染めぬいた汁粉屋がある。間口も狭く奥行も浅い。コンクリートを流した土間に古びたテーブルが三つ、木製の丸椅子のすわりが悪いのは、土間の歪《ゆが》みのせいか椅子そのもののせいか不明。エプロンを着た五十がらみの太ったおかみが、ひとり店先で今川焼を焼いている。

店に入ってコーラを注文した。

板張りの壁に貼りつけた値段表には、あんみつ、しるこ、ぜんざい、くずもち、今川焼……と並んでいるが、その名を聞いただけで胃がおかしくなるようなものばかりだ。コーラが好きなわけではないが、ほかに我慢できるものはなかった。

おかみに志賀栄太郎の娘を知っているかと聞くと、知っているという返事だった。

「娘さんが通りかかったら教えてください」

わたしはおかみに頼んで腰を落ちつけた。

娘の気持を察してやってほしい――志賀はそう言ったが、わたしは彼の言葉を信じなかった。殺された伊佐子は、千絵子の実の母ではない。派手好みで、千絵子とは五つくらいしか年齢の違わない義母、しかもその伊佐子は、栄太郎との仲も不和であった。おそらく千絵子は伊佐子の死を悲しんでいないだろう――これがわたしの推測だった。

「志賀さんが今のお宅に越してきたのは、いつ頃ですか」

コーラの瓶にストローを添えてきたおかみにきいた。

「そうですね……一昨年の暮頃じゃなかったでしょうか。もう一年半位になります」

「殺されたおくさんも、そのときから一緒ですか」

「いいえ。新しいおくさんをもらわれたのは、今年の正月です。それまでは、お嬢さんとお二人でした」

「すると、まだ半年位しか経っていないわけだな」

「そうです。あんまりお若いので、初めは千絵子さんのお姉さんかと思ってましたが、おくさんと聞いてびっくりしました」

おかみは話好きなようだった。

今川焼はキツネ色に焼けているが、肝心の客はつい先程、二人づれの子供が三個ずつ買っていっただけだ。売れ残りの今川焼は鉄板の隅に寄せてある。店内の客はわたしだけだった。

そのとき、都電通りへ向うの道から、緑色のワンピースを着た女の姿が見えた。年は十八、九だろう。

「千絵子さんじゃありませんか」

わたしは顎をしゃくって、おかみに方向を示した。

おかみはすぐに振返った。

「ちがいます」おかみは牛のように太い首を振った。「志賀さんのお嬢さんは、もっと背が高くて、色白のほっそりした方です。さっきお出かけのところを見ましたが、白いブラウスを着てました」

通りがかった緑色のワンピースの女は背も低いし、肌の色も黒かった。

千絵子が現れるまで、わたしはコーラ一本で一時間近く待った。

その間、汁粉屋のおかみは伊佐子の殺された事件について、知っている限りの蘊蓄《うんちく》を傾けてくれた。しかしほとんど新聞記事の範囲を出る内容はなかった。

昨日正午頃、犯人らしい男を見たという中学生についても、おかみは中学生の名前さえ知らなかった。

「見えましたよ」

千絵子の姿を見つけたのは、わたしよりおかみのほうが早かった。

ツリはいらぬと言って百円玉を置くと、わたしは千絵子が通り過ぎるのを待って店を出た。

二

「失礼ですが――」

わたしは千絵子を呼止めて氏名を名のった。そして、正当に理解されることの困難な自分の職業を説明した。

千絵子は濃い眉をひそめたが、どうにか納得してくれたようだった。

わたしは目鼻立ちの整った美人を好まない。退屈だからである。男の自惚《うぬぼ》れは滑稽で笑わせてくれるが、女の自惚れは醜悪なばかりで手がつけられない。相手が退屈していることなどは夢にも信じないのだ。

千絵子の美しさは、そのような美貌に明快な一線を劃していた。見る人によっては、妙な顔だと評するかもしれない。小づくりな顔の中で眼の大きさが際立《きわだ》っている。そして、濃い眉は男のように太い。化粧をしていない彼女の印象は、この二点に集約された。清潔感と意志の強さである。わたしより背の高いことだけが難であろう。どことなく大人びていて、十九歳という年よりは二つ三つ上に見える。

細い十字路を石塀沿いに左へ曲り、人通りの少い四谷一中のほうへ彼女を導いた。

「早速ですが」わたしは歩きながら言った。「昨日、学校から帰ったとき、家に入ってすぐ死体を発見されたんですか」

「いえ、いったん自分の部屋に入って鞄を置きました。そして、ブラウスのボタンがとれかかっていたので、茶の間へ裁縫箱をとりに行きました。そしたら、伊佐子さんが仰向けに倒れていたのです」

「医者を呼ばなかったんですか」

「はい。手も足も冷くて、死んでいるとわかりましたから」

「あなたが帰ったとき、お母さんはいつも迎えに出ないんですか」

「わたくしも黙って家に入ります」

「お母さんとは、あまり仲がよくなかったようですね」

「わたくしがでしょうか」

「あなたも、そしてお父さんも」

「父のことは知りません。わたくしは伊佐子さんを好きになれませんでした」

「なぜでしょう」

「わたくしは新しい母が欲しくなかったのです」

わたしはあえて無礼な質問を重ねたが、千絵子は言いにくいと思われることをはっきり答えた。

伊佐子を母と呼ばずに、伊佐子さんと呼んでいることが、千絵子の義母に対する感情を語っていた。

「お父さんが再婚されたのはいつでしょうか」

「正月の二十日頃です。別に結婚式は挙げませんでしたが、そのときから、伊佐子さんはわたくしの家で暮らすようになりました」

「その以前から、あなたは伊佐子さんを知っていたんですか」

「初めて父に紹介されたのは去年の十月です。それから何度も家に見えましたし、父と一緒に外で会ったこともあります。どうしても好きにはなれませんでしたが、父には父の人生があるのだと思って、結婚にはそれほど強く反対しなかったのです」

「お父さんはご立派な方ですね」

「人が好きすぎるのが欠点かもしれません。わたくしは死んだ生みの母より、父のほうが好きでした。わたくしは誰よりも父を愛しています」

「以前は五反田でお店を出してたそうですけど、場所はどの辺だったんですか」

「大崎広小路から中目黒へ向った大通りの左側です。小さな店でした」

「その頃はお父さんとお二人だったんですね」

「はい。母は五年前に亡くなりました」

「玉川という人を知りませんか。背の高い痩せた男で、鼻の脇に大きなホクロがあります」

「……知りません」

「名前を聞いたことも？」

「はい」

「お父さんの留守中に、伊佐子さんを訪ねてきた人とか、電話をかけてきた人はありませんでしたか」

「電話でしたら、三回ほどわたくしが取りついだことがあります。男のかたでした」

「相手の名がわかりますか」

「いえ。わたくしはお名前を尋ねませんでしたし、三回とも違った人の声のようでした」

「伊佐子さんはなぜ殺されたのでしょう。犯人の心当りはありませんか」

「………」

千絵子は答えなかった。

わたしたちは四谷第一中学の校庭を見下ろす斜面の上の、細い静かな道に出ていた。

日曜日の校庭には、孫を背負った婆さん同士が二人、生徒のいない校庭の真ん中で立話をしていた。

校庭の赤坂寄りのほうは、以前は公園だったところで、生い繁る木立の緑が初夏の風にさやぎ、その向うには、緑青《ろくしょう》を浮かせた赤坂離宮の青い屋根が見えた。

千絵子は黙りつづけている。寂しそうな横顔だった。

わたしは別れることにした。

一二

志賀千絵子との別れ際に、わたしは伊佐子の過去を尋ねてみた。

千絵子は知らないと答えた。知っているのかもしれないが、答えは知らないという一言で終った。

わたしはそれ以上の返事を求めなかった。あとは想像すれば足りた。

それは、殺された伊佐子の葬儀を明日に控えながら、親類縁者もなしに静まり返っている志賀家の様子に窺《うかが》うことができた。それは伊佐子の過去を暗示すると同時に、志賀栄太郎の陰の部分をも語るものではないか。親子ほども年齢がちがう二人の結婚は、おそらく誰の祝福をうけることもなかったのだ。

足早に遠ざかった千絵子を見送ると、わたしは四ツ谷から国電で水道橋へ出た。

いつもなら学生の往来でざわめいている水道橋駅も、日曜のせいかひっそりして、神保町へかけては古本屋の多い三崎町通りも、人通りが少かった。

町内の主婦らしい、子供づれの買物籠をさげた通行人にきくと、玉川の住んでいる三崎荘はすぐにわかった。歯科大学の先のパチンコ屋の角を右に曲れば、つい二、三メートル先の左手に、通行人に教えられた三崎荘が見えた。白ちゃけたモルタル塗り二階建、見るからに貧弱なアパートだった。

玄関のドアを押すと、まっすぐに伸びたコンクリート廊下の両側に、左右四部屋ずつの八世帯、二階もおそらく同じだろうという見当がつく。

どこの勝手口から匂うのか、醬油の煮つまった匂いが廊下にいっぱいに流れていた。

釘で打ちつけた表札の文字は代書屋流の達筆で玉川徳太郎《とくたろう》、田舎まわりの浪曲師にでもありそうな名前だった。

ノックをすると、細目に開いたドアの間から、三十二、三の女が青白い顔を覗かせた。

女はわたしを見ても何も言わなかった。眼の色は警戒的だった。

「玉川さんは?」

わたしは気やすく言った。

「どなたでしょうか」

女の警戒的な視線はくずれなかった。病身のようで、青白い顔はむくんで見えた。

「佐久と言います」

「聞いたことないわね」

「玉川さんはいないんですか。急な用事で来たんだが……」

「仕事のこと?」

「大急ぎの用事なんです」

「ちょっとお入んなさいよ」

女はドアを大きく開いた。

わたしが入ると、すぐにドアを閉めた。他人の眼をはばかったのだ。

部屋にあがれとは言わないので、わたしは上り框《がまち》に腰をかけた。そのとき、六畳一間の部屋の隅にうずくまって、わたしに笑いかけているオカッパ頭の少女が見えた。少女の笑いは、小さな顔全体を醜く歪め、それはコンニャク玉のように、痩せた肩の上で激しく揺れていた。小児マヒだった。

わたしは微笑を返そうとした。しかし、唇は凍りついたように割れなかった。わたしは顔をそらし、体の向きを変えた。

体の向きを変えたわたしの間に、青くむくんだ女は、膝を崩して坐った。警戒はとかれたようだ。

「うちの人、事務所にいなかったんですか」

女が言った。

「ええ、それでこっちにきてみたんです」

事務所とは何の事務所か、その場所はどこか。わたしはそれを知りたかったが、そんなことをきけば、女は怪しんで口を噤《つぐ》んでしまうだろう。

わたしは玉川の商売仲間を装ったが、この配役は今さら変えられなかった。

「困ったわね。一昨日から帰らないんですよ。どんな用でしょうか。わたしにできるなら何とかしますけど」

「実は、女の子を二人ばかり欲しいんです。大事なお客なんで振っちまうわけにはいかないし、どうにも手がたりなくて困ってるんです」

「何時頃までに都合すればいいの」

「夕方までに何とかなりませんか」

「そんな早くから？」

「旅行するのに連れて行きたいというんです」

「旅行って、どこまで？」

「車で伊豆のほうへ行くらしいんだが、明日中には必ずお返しします」

「そうね……セイ子ちゃんはどうかしら。忙しい子だけど、新しい子でよければ、今度ヨウ子って子が入ったのよ。デパートに勤めているから、連絡はすぐつくわ」

「年は幾つですか」

「十七だけど、ちょっとしたグラマーでお琴《こと》なんかも弾《ひ》くらしいわ」

「グラマーはいいな。年も若いし、こっちの条件にピタリだ。勤め先のデパートはどこですか」

「それは言えないわ。あたしからそんなことを喋《しゃべ》ったら、怨《うら》まれちまうじゃないの。とにかく、電話してみるわね」

女はだるそうに立上ると、茶箪笥の上の電話機にむかった。

女の陰にかくれて、まわしたダイヤルの数字を読むことはできない。

相手が出ると、女は低い声で話した。会談は不調のようだ。

「残念ね」

女はそう言って話を切ると、小さな手帳を開いて、別のダイヤルを回した。

今度は留守のようだった。

女はさらに別のダイヤルを回した。やはり留守のようだった。

「駄目だわ。日曜は暇だから、映画でも見に行っちゃってるのよ。それに、まだ昼間ですもの」

女は戻ってきてペタリと坐った。

「山名江美という女の子はどうですか」

「あら、あんた江美ちゃんを知ってるの」

「二、三度きてもらったことがあります」

「それなのに、ちゃんとうちを通してくれるなんて感心だわ」

「義理堅いほうですからね」

「うちの人が怖いんでしょう」

「そうかもしれない」

「うちの人は、怒るとほんとに何をするかわからないわ」

「何かしたことがあるんですか」

わたしは黙っていてもよかったのに、余計な質問をした。

「知らないの？」

女は聞返した。

「何のことだろう」

わたしはとぼけた。

「知らないのね」

女はわたしを見つめた。冷い眼、疑っている眼である。

「あんた、ほんとに玉川の友だちなの」

「本当にきまってるじゃないか。そうでなければ、お宅の住所を知るわけがない」

「玉川の友だちで三谷《みたに》という人を知ってるかしら」

「知ってるよ」

「ほんとに？」

「ほんとさ」

「玉川には、三谷なんて友だちはいないのよ」

「――――」

わたしはまんまとひっかかった。わたしは返答に窮し、笑ってしまった。

しかし、女は笑わなかった。その細い眼には、怒りと同時に恐怖があらわれていた。

わたしは立上った。

「バレましたね。私立探偵で佐久といえば、玉川さんが知っています。刑事《デカ》ではないし、お宅の商売を警察へ知らせるほど、警察に義理があるわけでもない」

わたしは女を安心させた。思いきり脅して、玉川の事務所の所在を吐かせようとも考えたが、それは思いとどまった。江美に聞けばわかることなのだ。この部屋と山名江美の電話番号だけを聞いてメモした。

「ご主人によろしく――」

わたしは女に背をむけた。廊下に出てドアを閉めようとしたとき、小児マヒの少女が、わたしに手を振っている姿が見えた。けんめいに笑っているのが、泣顔のようだった。

一三

三崎荘を出ると、真向いの煙草屋に赤電話が置いてあった。

山名江美への電話は、まず家主の酒屋へかかり、交換器で切換えられるようになっている。

ダイヤルを回すと、最初に出てきたのはカン高い女の声だった。酒屋の女中かもしれない。

わたしは江美の部屋へ切換えを頼んだ。

「山名さんはお留守ですよ」カン高い女の声が返ってきた。「さっきも、ほかの方から電話がありましたけど、そのときもお留守でした」

「何時頃出かけたんですか」

「さあ――」

知らぬようだった。

わたしは電話を切った。

水道橋駅へ戻って、二十円区間の切符を買った。丸の内の東洋ビルへ行き、栄美堂の店員に会うつもりだった。ところが、切符を手にしたとたんに、今日は日曜日で東洋ビルが閉まっていることを思い出した。ビル内の会社が休みなので、一階の商店街も休みのはずだった。

そこで、五反田へ行くことにした。志賀栄太郎が、二年前まで店を出していたという附近も洗ってみたかった。

電車は空《す》いていた。神田で山手線外回りに乗換え、東京駅にさしかかって窓から覗くと、東洋ビルの玄関にはローリング・シャッターがおりていた。やはり休みだったのだ。

乗越しを払って五反田駅下車、陸橋が池上線のホームへわたっている高いホームに立つと、終戦当時、ここから眺めた風景の、見渡す限り焼野原だったことを思い出す。今は戦災を免れた白木屋も東光ストアに変り、原色の色彩ばかりがけばけばしい猥雑な町として復活している。

国電のガードをくぐって、大崎広小路へ向う途中の時計店できくと、かつて栄美堂の店を開いていた場所がわかった。今はカメラ屋になっているという。栄美堂が丸の内へ移った事情については、何も知らなかった。

大崎広小路のロータリーを中目黒へ向って右へ、およその見当は千絵子の話でついていたが、目標のカメラ屋は広いバス通りの左側に見つかった。

わたしはカメラ屋のとなりの薬局に入って、トランキライザーを買った。興奮しやすい久里十八にのませるつもりだ。

「おとなりで栄美堂という時計店を出していた、志賀さんについて聞きたいんですが……」

わたしは口実として、千絵子に縁談があり、そのために頼まれて調査していると言った。そして、新聞を賑わしている伊佐子の殺された事件には、全く関係がないとことわった。

薬局の店主は愛想よく話をうけた。五十がらみの弱々しそうな男で、整形美容に失敗したように低い鼻梁が歪んでいた。あるいは女房に殴り倒された痕《あと》かもしれない。亭主と一緒に応対にでた女房のほうは、ゆうに二十貫は越えると思われる大女だった。

「志賀さんの前のおくさんは、大分前に亡くなられたそうですが……」

わたしは会話を誘った。

「そう、もう五、六年になりますね。おとなしくて、いいおくさんでしたけど、盲腸炎をこじらしたとかで、急に亡くなりました」

亭主が答えた。

「盲腸じゃないよ、あんた」女房の太い声が訂正した。「腹膜炎です」

「その後、志賀さんはずっと独りだったんですか」

「おくさん孝行の人でしたからね。ずいぶん再婚の話もあったらしいけど、とうとうもらいませんでした。千絵子さんと二人で、それはよくやってましたよ」

女房が答えを独占して言った。

「店員はいなかったんですか」

「通いの店員さんが一人いました。その人も真面目によく働いてましたわ」

「志賀さんのことで、何か悪い噂はありませんでしたか」

「いえ、別に聞きません」

「丸の内の東洋ビルに店を出されたことはご存じですか」

「それが全然知らなかったんですよ」女房は大げさに驚いてみせた。殿様蛙のようにたるんだ顎をひいて、眼をまるくしたのだ。「今朝の新聞を見て、初めて知ったんです。再婚されたのは知らなくても普通でしょうけど、東洋ビルに立派なお店を出してたなんて、ちっとも知りませんでした」

「転居されたのはいつ頃ですか」

「一昨年の暮でした」

とすると——、志賀はここから真っすぐに四谷若葉町へ引っ越したのだ。東洋ビルの店は、それより半年前に権利をゆずり受けて開店している。五反田の同業者はこれらのことを知っていたが、志賀栄太郎は、なぜこんな些細なことを近所に伏せたのか。東洋ビルにおける開店は、近所に東洋ビル内の会社員がいれば、いずれわかってしまうことではないか。いや、むしろ東洋ビルへの転出は、近所の者に誇っていいことではなかったか。

「今度の事件について、何か思い当るようなことはありませんか」

わたしの質問は、口実の縁談から離れていった。

「別にありませんわね。新しいおくさんにお会いしたこともないし……」

「こちらにいた当時、お店は繁昌してましたか」

「割合のんきそうにしてましたから、普通だったと思いますわ。それが急にお店をやめて、引っ越すと聞いてびっくりしました」

「店をやめる理由は言いませんでしたか」

「聞きません。なぜやめるかというような噂はしましたが、誰も知らなかったと思います。千絵子さんがお嫁にいかれるというのに、新しいお母さんが亡くなって大へんですわね。たしか千絵子さんはまだ十九か二十歳くらいと思いますけど、旦那さんになられる人はどんな方ですか」

話が戻ってきた。

わたしは適当に話した。

「まあ素敵」

おかみはまるまると太った両手を合わせて、まるい眼をかがやかした。

亭主のほうは女房を眺めてつまらなそうな顔をしていた。

一四

薬局を出てから、カメラ屋の反対隣のラジオ屋へ入った。しかし、そこで聞いたことも、薬局の女房から聞いたことに加えるものはなかった。

志賀栄太郎の私生活はおおむね好評だったのである。

腕時計は午後四時半をさしている。空は明るかった。

山名江美がいたことのあるバー・サファイアに行くには、時間が早すぎる。

わたしは、いったん新宿三光町の久里十八探偵事務所に戻ることにした。五反田から国電に乗る前に、駅の売店で夕刊を買った。

志賀伊佐子絞殺事件について、特に目新しい記事はない。怪しい人物を見たという中学生の話が出ていたが、わたしが郷原部長から聞いた範囲を出なかった。兇器の紐もまだ発見されない。殺されるような動機も不明、現場附近は押売りの多いところから、流しの強盗の仕業《しわざ》ではないかという推測も行われている。四谷署に捜査本部が置かれた。

「お客さんが来たわよ」

事務所のドアを押すと、加山春江がタイプを叩いていた手を休めて言った。

「ぼくにかい」

「すごい美人だったわ」

「おかしいな」

「背は久里さんより高いけど、佐久さんよりは少し低い程度よ。バストとヒップは九十センチくらいかしら。体にピッタリしたオレンジ色のツーピース、スカートはもちろんタイトね。黒い髪をソフトクリームみたいにアップして、上品な化粧ではないけど、色白できれいな眼をしていたわ」

「ほんとの話だとしたら、ぞくぞくするな」

「ほんとうよ。ちゃんと佐久さんに会いたいと言ってきたわ」

「依頼人じゃないのか」

「ちがうわよ。デイトの約束があるような口ぶりだったわ」

「しかし——」

わたしは憶えがなかった。競馬の騎手みたいに派手な身なりをした女を何人か知ってはいるが、訪ねてこられるような女はいないはずだった。

「それで?」

「久里さんに会って、二十分くらい話してたわ」

「帰ったのか」

「ちょうど十五分くらい前に帰ったばかり。また来るようなことを言ってたわ。佐久さんも案外趣味が広いのね。見直したわ」

「わからないな。名前は何と言った?」

「言わなかったわ。お会いすればわかるんですって」

「誰だろう——」

わたしはもう一度考えた。しかし、思いあたる女はいなかった。

第二章　夜の背景

一

久里十八は応接用のソファに寝そべっていたが、わたしを見ると弾《はじ》かれたように起上った。

「来たのか」

久里十八はおどろいていた。妙な挨拶だった。

「来てはいけませんか」

「いけないことはないが、金をもらった仕事は昨日で終ったはずだ。きみはもう来ないと思ってた」

「金を貰いそこなった仕事が残っています。その後、玉川は現れませんか」

「何の連絡もない。その代わり、きみを訪ねて変な女がきたぞ」

「加山さんから聞きました」

「それなら、今のうちに裏口から逃げたほうがいい。ようやく追返したばかりだが、またやってくると言っていた」

久里十八は勝手なほうへ気を回していた。

「なぜ逃げなければならないんです」

「逃げなくてもいいのか」

「わかりませんね。ぼくには訪ねてきたという女の心当りがない」

「気楽なこと言っていて大丈夫かね。昨晩、きみはその女のところに泊ったそうじゃないか」

「――――」

わたしは唖然《あぜん》とした。現れた女は山名江美にちがいない。

「冗談じゃありません」

わたしは昨夜の外泊を否定して、女の正体を教えた。江美の名は、志賀を尾行したときの報告で、久里十八も知っているはずだった。

「あの女がそうか」

今度は十八が唖然とした。

「しかし、おかしな女だったぞ」十八は言った。「昨日きみが泊ったというし、今日もデイトの約束があると言った。あの口ぶりでは、きみと結婚するつもりらしいな。きみの住所を教えろと言ったが、妙なことになると、きみが困るだろうから言わなかった。そしたら、きみが現れるまでこの部屋で待つと言ってきかないんだ。帰ってもらうのに苦労した。なかなか美人だが、やはり今のうちに逃げたほうがよさそうだ」

「玉川の話をしませんでしたか」

「しなかった」

「実は玉川の住所を聞くつもりで探してたんです。二度ばかり電話をしたが、二度とも留守だった。おかしいですね、何をしに現れたのかわからない」

「きみに惚《ほ》れたと言ってたよ。求婚しにきたのかもしれない」

「何かあるとは思いませんか」

「何かとは？」

「ぼくにもわからないが……」

わたしは江美の来意をはかりかねた。

十八が煙草を出してすすめた。フィルターのついたアメリカの煙草だった。火をつけたが、軽すぎてのんでいる気がしない。胃の垂れさがった連中むきの煙草だ。

「加山春江にもらったんだ」

久里十八はうれしそうに言った。いかにもうれしそうである。

「久里さんは再婚しないんですか」

「再婚？」

「そうです。おくさんがいなくては大へんでしょう」

「ばかなことを言っちゃいけない。家内が死んでまだ三年だ」

「三年たてばいいじゃありませんか」

「しかし、わたしには五人の子供がいる」

「子供さんたちと別居すればいい。小学生の子は上の子が面倒みますよ。長男も長女も、そのくらいのことはできる年です」

「かりに再婚するとしても、相手がいなくては仕様がない」

「加山さんがいます」

「だめだよ、彼女は――」

久里十八は首を振ったが、満面あきらかに紅潮した。

「わたしは痩せた女と気の強い女が嫌いだ。彼女が独身をつづけているのは、男にもてないからだな。ああ気が強くては、もてるわけがない。あの女のどこがいいのかね。美人だというやつの気がしれんじゃないか」

久里十八はけんめいに彼女をけなした。内心をかくすためにちがいなかった。

しかし、彼女を最初に美人だと言ったのは久里十八自身であって、ほかに彼女が美人だと言った者はいない。

そこで、わたしがそれを言うことにした。

「加山さんは美人ですよ。化粧をすると二十六、七にしか見えませんね。脚はナイロン・ストッキングのモデルにしたいくらいだ。気が強いようだが、あれは女の弱さを見せまいとする虚勢ですね。痩せた女は結婚するとふとります」

わたしは加山春江を弁護した。

どうでもいいことだが、久里十八を嬉しがらせるのは楽しかった。

加山春江に久里十八のことを聞けば、頭のはげたのと背の低いのと、お腹の出た男は嫌いだという。それに、久里十八が再婚しては、死んだおくさんが可哀相だという。

だが、そんなことを言うときの表情をみると、彼女が久里十八を決して嫌っていないことも読み取れるのだった。

「そんなに彼女の脚はきれいだったかね」

久里十八は腫れぼったい眼を細めて、黒いガラスドアの向うを透《す》かすように眺めた。

しかし、加山春江の姿が見えるはずがなかった。

このとき、所長机の上の電話が鳴った。

久里十八が受話器をとって耳にあてた。

「きみに電話だ。相手は名前を言わない」

電話はわたしに取りつがれた。

二

「佐久とかいうのはおまえか」

耳に流れてきた声は、聞いたことのない男の声だった。歯切れの悪い声だ。多分、でぶでぶに太った奴だろう。

わたしは受話器をあてたまま、答えなかった。

「聞いているのか」

「もっと小さな声でも聞える」

「大分うろうろ歩きまわっているらしいが、いい加減におとなしくしないと、肋骨《あばらぼね》が二、三本たりなくなるぜ」

「…………」

「返事をしろよ」

「何を言われたのか考えているんだ」

「とぼけるな」

「…………」

「いいか、静かに平和にくらすんだ、わかったな」

「わからないと言ったら?」

「さっき言ったとおりだ。きさまの肋骨を叩き折って、二、三本もらっていく」

「晩飯のおかずにするのか」

「うちのとなりに、オヤツを欲しがっているブルドッグがいるんだ」

「テレビは何を見てるんだい」

「ララミー牧場さ」

「チョコレートをなめながら見るやつか」

「どういう意味だ」

「脅し文句の勉強がたりないんじゃないかと思ったんだ」

「なに――」

相手の声が上ずった。電話でなければ、殴りかかってくるところだろう。

わたしは電話を切った。

すると、一分と経たないうちに、また電話がかかってきた。

今度は初めからわたしが受話器をとった。

「さっきはすまなかったな」

同じ男の声だった。

「まだ用があるのか」

「すまなかったと言っているんだ。気分をなおしてくれ」

「気分はとっくになおっているよ」

「五万円で手を打とうじゃないか」

「手を打つとは？」

「わかってるじゃないか」

「おれは頭がわるいんだ」

「六万円ならどうだ」

「しみったれないほうがいいな」

「それなら十万にしよう」

「待てよ。その前に、そっちの名前を聞きたいね。話はそれからだ」

「名前なんかどうでもいいはずだぜ」

「聞かせてくれてもいいだろう。それが言えなければ、話にのれないな」

「どうしてもか」

「どうしても」

「ばかな野郎だ」

今度は向うから先に電話をきった。

「同じ奴か?」

久里十八が心配そうにきいた。

「そうです。十万円で取引を持ちかけてきた」

「それで?」

「お聞きのとおりです。断りました」

「惜しいことをしたな」

「ぼくも惜しいと思いました。ことによると、この事務所にダイナマイトを投げこまれるかもしれない」

「ほんとうか」

久里十八の赤い顔が、少し白くなった。

そこへ、ドアをノックして加山春江が現れた。

加山のうしろに、山名江美の姿が見えた。

すでに紹介は不要だった。

加山は江美を事務所に送りこむと、皮肉っぽい微笑を投げてドアを閉めた。

「くたびれちゃったわ」

江美はソファに腰をおろすと、妙に色っぽい眼つきをして恨めしそうに言った。

「先ほどはどうも——」

久里十八に挨拶した。

十八は呆気《あっけ》にとられたように、江美を眺めていた。

江美はすぐに立上った。

「ちょっと外へ出かけません?」

江美がわたしに言った。

「どこへ行くんだ」

「散歩よ」

「まずいね、ぼくは忙しいんだ。それよりも、落着いて腰かけてくれないか。ちょうど、きみに話があったところだ」

「お話って何かしら」

「玉川のことだ。きみは、ぼくに話さなければならぬことがまだ沢山ある」

「厭《いや》よ、あんなやつの話。あたし、そんなつもりで来たんじゃないわ。外へ出ましょうよ」

「外へ出てどうするんだ」

「いいことがあるわ」

「ここでは駄目か」

「きまっているじゃないの、こっちのオジサンを刺激しちゃわるいわ」

江美は久里十八を見た。

十八の顔が真っ赤になった。

「そうか」

わたしは賛成することにした。

江美と二人で出ていく代わりに、久里十八には、五反田で買ったトランキライザーを提供した。

三

バス通りにでると、江美は手を振ってタクシーをとめた。

「どこへ行くんだ」

「神宮外苑がとてもいい気持だわ、アベックのシーズンね」

江美はひとりで浮かれていた。

タクシーは追分をまっすぐ走って千駄ケ谷四丁目を左折、体育館前を通って外苑に入った。

「探偵事務所は誰に聞いたんだ」

わたしはきいた。彼女は久里十八の事務所を知らぬはずだった。

「玉川に聞いたわ」

「あれから玉川に会ったのか」

「昨夜、あんたを駅まで送って戻ったら、アパートの入口に待ってたのよ。途中、タクシーですれちがったらしいわ」

江美は車をとめさせた。右手の林の奥に絵画館の背面が覗かれた。

車から下りると、江美はわたしの腕をとって林の中へ入った。日は落ちたばかりだが、林の中は暗かった。

「玉川は何の用があってきたのだ」

わたしは話しつづけた。

「泊りにきたのよ」

「ふうん」

「でも、泊らせなかったわ。あたし、ひとりであんたのことを考えたかったの」

江美はわたしの腰に腕をまわした。行うことが逆のようだった。それは、わたしのなすべきことだったろう。

林をぬけて、絵画館の裏庭へ出た。歩くと砂利《じやり》が鳴った。

江美がベンチを見つけた。暗い林を背に、わたしたちは腰を下ろした。
二、三十メートル離れたベンチでも、一組の男女が肩を寄せ合っていた。月はなかった。
「いい気持――」

江美は両手を広げて、深呼吸した。

わたしも深呼吸してみた。別にいい気持はしなかった。

「以前にも、玉川が泊りにきたことはあるのかい」

「昨夜がはじめてよ」

「おかしいね。玉川がきたのは泊りにきたんじゃないだろう。ほかに話があったはずだ」

「どんな話？」

「それをきいているんじゃないか」

「話なんかなかったわ。あんたに何をきかれても何も話すな——玉川が言ったのはそれだけよ。すぐに帰ったわ」

「いくら置いて行った」

「お金なんか置いていかないわよ。あの人は、女から金をとるのが専門ですもの。あたしは五円玉ひとつ貰ったことがないわ」

「尊敬したくなるような奴だな。恥ずかしいけど、それではぼくから金を受取ってくれないか」

わたしは、千円札を彼女の手に握らせた。

「どういう意味？」

彼女がきいた。

「玉川が話すなと言ったことを、聞かせてもらいたいんだ」

「買収ね」

「簡単な言葉をつかえば、そういうことになる。少いけど我慢してくれ」

「うれしいわ。これであんたの味方になれたわけね」

江美は千円札をハンドバッグにしまった。

「昨夜、きみは玉川のアパートを教えてくれた。玉川が滅多に自宅に帰らないことを知ってたからだろうな。留守居の女房に会っても、玄関払いをくわされることを知ってたからだ。きみの目算は正しかった。玉川は一昨日からアパートに帰っていない。ぼくの知りたいのは事務所のほうだ」

「あんたって、男のくせにカンがいいのね」

「カンがよければ昨夜のうちにわかってるさ。玉川の事務所はどこにあるんだ」

「新橋——烏森《からすもり》の『美波《みなみ》』という大衆酒場の二階、ちっぽけなところよ」

「電話は？」

「四三一局の——」

江美は電話番号を諳《そらん》じていた。

「その電話一本で商売しているのか」

「そうね」

「女は何人くらいいるんだ」

「よく知らないわ。七、八人いるんじゃないかしら」

「繁昌しているのかい」

「と思うわ。あたしはオンリー制だから、タイム制のほうは知らないのよ」

「なんだい、オンリー制とタイム制というのは？」

「オンリー制というのは長期契約よ。短くても一ヵ月以上ね。その代わり、契約期間中は決してほかのお客をとらないわ。タイム制は普通のコールガールと同じよ。一時間いくらというふうに時間決めで交際するわけね」

江美は保険の説明をする外交員みたいに平然と語った。

なんのことはない。妾と娼婦との差にすぎなかった。玉川徳太郎はこれらの周旋をして、その上前をはねているのだ。コールガールという電話一本で女を周旋する新商売が、売春防止法のザル目をくぐって誕生したことは周知の事実だろう。表向きは売春をしない建前だが、内実を知るには体験をふんでみるまでのこともない。高い金を払って女を呼ぶ男が、義務教育中の子供ではないと知るだけで充分だった。

「きみが銀座のサファイアをやめたのは、玉川にスカウトされたわけだね」

「あたし、とてもお金に困っていたのよ」

「玉川はサファイアの客だったのか」

「客といえば、客だけど、玉川は銀座や新宿のバーとかキャバレーとかを歩きまわって、あたしみたいな女をさがしてるわ」

「玉川がさがすのは、女だけじゃなくて、女を欲しがっている男もだろう。たとえば志賀栄太郎みたいなのをな」

「まあそうね」

「殺された伊佐子について、知っていることがあったら教えてくれないか」

「あんたはどのくらい知っているの」

「全然知らないんだ」

「全然？」

彼女は、信じられぬという眼つきをした。それは、彼女が伊佐子について何かを知っているということだろう。

「教えてくれよ。伊佐子の過去には何かがあるはずなんだ。それが彼女を志賀に結びつけ、さらに玉川との関係を深めているにちがいない」

「キスしてくれる？」

江美が体を寄せてきた。

「さっきから、そう願いたいと思ってたところだよ」

わたしは、江美の体を抱いて引寄せた。長い睫毛《まつげ》が閉じて、縦皺《たてじわ》の多い唇がかすかに開いた。

わたしはそっと触れた。女の息が匂った。わたしは誘われた。次に触れたときは、おのずから力がはいった。わたしは女を蔽《おお》った。

頭上に激しい衝撃をうけたのは、まさにこの恍惚《こうこつ》の一瞬であった。

頭の中が燃えるように熱くなったと思うと、体がふわっと浮んだような気がして、その後の意識はなかった。

四

頭を殴られ、意識を失ってからどのくらいの時間が経ったかはわからない。

気がついてみると、わたしは真っ暗な林の中の草むらに横たわっていた。殴られたときはベンチに腰かけていたはずだから、気絶したあとで運ばれたことになる。月が上ったらしく、林の外は白いひかりが降りそそいで、江美とならんで掛けていたベンチも、眼前数メートルのところに見えた。

逃げたのか、連れ去られたのか、江美の姿はない。

起きあがろうとすると、頭がズキズキと脈をうって痛んだ。頭のシンから突上げてくるような痛みだ。手をあててみたが、頭は割れなかったらしい。血の噴《ふ》きでた様子はなかった。その代わり、かなり大きなタンコブができている。殴られどころが悪ければ、今頃は死んだオフクロに会っているところだったかもしれない。

わたしはようやく起きあがった。頭が痛い上に眼先がチラチラして、眩暈《めまい》がした。だが、そのままじっとしていると、眩暈だけは間もなくおさまった。

自分の体をさぐってみた。腕時計はちゃんと左腕に巻きついているし、財布も取られていない。わたしが襲われた理由は明瞭だった。ただ、わたしを神宮外苑に誘った江美が、敵のまわし者だったかどうかはわからない。わたしは罠にかかったのかもしれないし、そうでなければ、敵はわたしと江美とのあとをつけていたのだ。

それにしても、歯切れの悪い声で電話をかけてきた男の脅迫が、こうも手早く実行されるとは思わなかった。肋骨をぬかれてブルドッグのエサにされなかったのが、せめてもの幸運だろう。

時刻は九時を過ぎたばかりだが、わたしは二時間余りも草むらに寝そべって、気絶していたことになる。いい休養だったかもしれない。

敵の正体は不明だが、襲われたことは、敵がわたしを怖れていることを語っている。少くとも、わたしが、彼らの邪魔をしていることは間ちがいないだろう。わたしは自分の進んでいる方向に確信をもった。

林を出ると、半円形の月が東の空に浮んでいた。頭は相変らず痛んでフラフラするが、歩けぬほどでもない。わたしは四谷三丁目まで歩いて、近くのレストランでトマト・ジュースをのみ、スパゲッティをつめこんでから地下鉄にのった。

西銀座で下車する頃には、頭の痛みもだいぶ薄らいで、気分も回復してきた。

並木通りを「レインボー」の辺りまできて街角の甘栗屋にきくと、江美がいたことのあるというバー・サファイアは簡単にわかった。電通ビルのすぐ裏の細い道ではなく、並木通りに面した北海道新聞社の十数軒先、「キヨ」という喫茶店の地下である。古煉瓦を積重ねた喫茶店の端に、建物の一部をくりぬいたようなアーチがあって、木製の小さなサインボードの黒地に、「Bar Sapphire《バーサファイア》」と白ぬきの横文字が浮んでいる。目立つ店ではないし、目についたとしても、フリの客ではかなり入りにくい。暗い石段を五、六段おりた踊り場に、淡い水色のランプが灯っていて、そこから左折する階段を下りれば、樫材《かしざい》の重そうなドアにつきあたる。

ドアを押すと、すぐ手前がカウンター。煙草の煙のたちこめた向うには、幾つかのボックスを客が埋めていた。音楽が流れ、カン高い女の嬌声がひびき、落着いて酒をのむ雰囲気ではない。テックスを張った天井の間接照明は、夜の街を歩いてきた眼にさえ暗すぎるように思われた。

わたしはカウンターのいちばん奥にあいていたストゥールに腰をかけ、トマト・ジュースを注文した。

トマト・ジュースときいて、額のぬけあがったバーテンはボストンバッグみたいな大きな口をこっちに向けた。

「トマト・ジュースですか」

注文が気に入らぬ様子だった。特大サイズの肥満型マネキンのように、腹のふくらんだ男である。トマト・ジュースが飲みたければ、喫茶店へ行けと言いたそうな顔だ。

わたしはトマト・ジュースに念を押した。

バーテンはそれ以上さからわなかった。

天井に届きそうなバック・バーの棚には、舶来の洋酒瓶がズラリと並んでいて、国産物も丸瓶の安物はない。

「いらっしゃい」

若い女がふいにわたしの横にやってきて、となりのストゥールに腰をおろした。丸ポチャの、鼻の低い女で、年は二十二、三だろう。

顎の左側に小さなホクロがあるが、これはつけボクロかもしれない。お仕着せらしいスミレ色のドレスは、白い肩を露出させていた。

「初めて来たんだ」

わたしは言った。

「あら、ほんと？」

フリの一人客は珍しいのか、女は信じられないといったような眼をした。

「友だちに聞いてたんだ」

「お友だちって、だれかしら」

「玉川という痩せたやつさ」

「玉川さんのお友だちなの」

ふうん——という顔をした。この女にとって、玉川の印象はあまりよくないようだ。

「玉川はちょくちょく来るのか」

「この頃はあまり見えないわ」

「以前は？」

「以前も、そうちょくちょくというお客さんじゃなかったわね。このところ、しばらくお見えにならないわ」

「しばらくというと？」

「そうね、もう二ヵ月くらいになるかしら」

「ぼくもしばらく会わないんだが、彼はいま何をしてるんだろう」

「前と同じよ、どうせ」

女はつまらなそうに投げやりに言った。

「何か飲まないか」

わたしは女の機嫌をとった。

「おごってくれるの?」

「好きなものを飲めよ」

「トマト・ジュースを飲んでるのね」

「これを飲むと、元気がでて駆けだしたくなる」

「ポパイのホウレン草みたいね。お酒はのまないの」

「嫌いなんだ」

「それなのにバーへ来るなんて変じゃないかしら」

「酒は嫌いでも、バーは好きなのさ」

「おかしな人ね。あたしはジン・フィズをいただくわ」

女は口の大きな肥満型バーテンに、ジン・フィズを注文した。

バーテンはうつむいて氷を割っていた。考えごとをしていたのか、女の声が耳に入らぬようだった。女はもう一度同じことを言った。バーテンはギクッとしたように顔をあげた。妙な具合だった。わたしは何気なくバーテンを見たのだが、バーテンはあわてたように視線をそらした。なぜか。わたしは気になった。

そして、彼は彼女の前にグラスを置くとき、避けるようにわたしを見なかった。

「あんた、玉川さんと同じ商売なの」

女がきいた。

「そう見えるかい」

「そう見えないからきいてるのよ」

「同じ商売だったらどうする」

「忠告するわ」

「ありがたいね、聞かせてくれ」

「この店を、なるべく早く出たほうがいいわ」

「なぜだい」

「追出されるからよ」

「わからねえな」

「玉川さんに聞かなかったの」

「聞かなかった」

「今度会ったら聞くといいわ」

「わかったよ、玉川がこの店にこなくなった理由がね」

「今度きたら、片輪《かたわ》にされることになっているわ」

「おもしろいな」

わたしはコップをあけて、追加を注文した。

肥満型のマネキン人形みたいなバーテンは、明らかにわたしの視線を避けようとしていた。注文を聞いても顔をあげないし、追加のトマト・ジュースをカウンターに置くときにも、顔を合わせないようにした。わたしが女と話している間は、カウンターの中央部に席をしめた客の話相手になっていたが、注意は絶えずわたしのほうへ向けられ、女との話を聞きとろうとしている様子だった。

「あたし、マリ子って言うの、お役にたつかもしれないわ」

女は名刺をだした。加藤マリ子とあるだけで、住所は入っていない。

わたしは自分の名前を言わなかった。

コールガールの周旋をしている玉川は、バーやキャバレーを歩きまわっては、眼をつけた女を口説《くど》いて自分の商売に引入れていたのだ。サファイアの場合は、それがバレて追出されたのだろう。客ダネをつかんでいる女をスカウトされれば、おとなしい業者でも黙ってはいない。

そうでなくても、女たちは少しでも条件のいい店に移りたがっている。そして女たちが店を変えるたびに、その女に熱くなっている男どももまた、ぞろぞろとあとをつけて新しい店へ行ってしまうのだ。

マリ子という女が玉川に不満をもっているらしい理由は、彼女が玉川のめがねにかなわず、スカウトされなかったからかもしれない。それは今、彼女がわたしの商売を誤解して名刺をだしたことで、充分に説明された。名刺を渡す前に、下手くそな鉛筆書きで、住んでいるアパートの電話番号を余白に記入してくれたのである。

このとき、青白い顔をした黒ぶちメガネの男がドアを押して入ってきた。

五

痩せぎすの、青白い顔をした男は、しばらく立ちどまって店の内部を見まわしていた。若い男である。きちんとした背広の着こなしをみれば、堅気のサラリーマンのようだ。整いすぎた目鼻だちは、むしろ女性的で弱々しい。男のくせに——と言いたいほどの、切れ長の美しい眼をしている。しかし、神経質そうな眼の色は普通ではなかった。

「佐竹さんはいらっしゃいませんか」

青白い男は肥満型のバーテンに言った。

「どちらさまでしょうか」

バーテンは問返した。いずれも丁寧な応答である。

「野本と言います」

「伺っていませんが、お約束だったんですか」

「いえ、急に用ができたのです」

「弱りましたね。佐竹は今こちらにいません」

「ぜひ会いたいのです。六本木のお店へ行ったら、こちらだろうという話でした」

「弱りましたね」

バーテンは同じことを言った。

「どこにいるか、教えてくれませんか」

男はさらに言った。

バーテンはカウンターの隅のくぐり戸をぬけて出た。

「お話を伺いましょう。こちらへきてください」

バーテンは先に立って、店の奥へ導いた。ボックスのならんでいる突当りにドアがあって、バーテンの太った姿は青白い男とともにドアの向うへ消えた。

カウンターには、ワイシャツに黒い蝶ネクタイを締めた二十歳くらいのバーテンが残っていた。

「初めての客らしいな」

わたしはマリ子に言った。

「そうね」

マリ子はほかのことを考えているような気のない返事をした。

「あの男を見た憶えはないのか」

「ないわ」

「佐竹というのは誰だい」

「お店のマスターよ」

「あの太ったのは、ただのバーテンか」

「いやな奴よ」

「名前は?」

「大口《おおぐち》」

「口が大きいからか」

「みんなにそう言われるわ」

「怒らないのかい」

「お客さんならね。あたしたちがそんなことを言ったら、鼻血がでるほど殴られるわ」

「六本木にも店があるらしいな」

「ナイトクラブよ」

「やはりサファイアというのか」

「行ったことがあるの？」

「名前を知ってるだけだ」

わたしはそう答えたが、一度だけ六本木のサファイアへ行ったことがあった。もちろん、仕事のために行ったので、楽しくはなかった。しかしそうでなくても、わたしの楽しめそうなところではない。

「あたし、六本木の店はよくしらないけど、ここより面白いらしいわ」

マリ子はあくまでも現状に不満そうだ。

「マスターの佐竹は、銀座と六本木を往復しているわけか」

「そうね」

「山名江美という女を知らないかな。以前、この店にいたことがある女だ」

「大分前に辞《や》めたんでしょ？」

「そう、一年くらい経つかもしれない」

「知ってるわ」

「彼女の話を聞かせてくれないか。客の評判、仲間うちの噂、そのほか何でもいいんだ」

「どうしてそんなことをきくの」

「彼女に縁談があったんだ」

「ほんと？」

「ぼくは私立探偵だ、玉川の仲間ではない」

「結婚のお相手はどんな人？」

マリ子は驚いていた。

「玉川だよ」

「うそ！　あんた、あたしをからかってるのね」

「志賀栄太郎という男を知ってるかい」

マリ子はますます驚いて、怯《おび》えた猿みたいな眼でわたしを見つめた。

「あんた刑事さんでしょう。けさ、志賀さんのおくさんが殺されたという新聞記事を読んだわ」

マリ子の声がかすれた。名刺といっしょに、自宅の電話番号を教えたことを恐れているのだ。

刑事の袖をひいて捕まった売春婦の例は珍しくない。

わたしは安心させるために名刺を返してやった。

「志賀栄太郎はこの店に来たことがあるのか」

「二、三度だけど、マスターといっしょに来たわ」

「二人の話を聞かなかったかね」

「奥の部屋で話してたけど、カウンターではハイボールを飲んだだけですぐ帰ってしまったわ」

「それでは、山名江美の話に戻ってもらおう。縁談といったのはデタラメだ」

「江美ちゃんが疑われてるの?」

「そういうわけではない」

「江美ちゃんは病気で辞めたのよ。ほんとかどうか知らないけど、辞めるときはそう言って辞めたわ」

「パトロンはいなかったのか」

「お客さんは多かったけど、特にきまった人はなかったらしいわ。ここのお店が終ると、お客さんをつれて六本木のお店へ行くの。そうするとマスターが喜ぶし、お手当もくれる。あたしなんか偶《たま》にしか六本木へ行かないけど、江美ちゃんはほとんど毎晩だったわ。それで疲れちゃったのね。それとも、パトロンができて辞めたのかしら」

「玉川と江美との関係をどう思う」

「関係があるの？」

「多分な」

「知らないわ」

マリ子はそっけなく言った。玉川の話をしたくないようだ。

江美が水商売から足を洗った理由が、病気のためとは考えられない。どう贔屓目《ひいきめ》にみても、彼女は風邪ひとつひきそうな女ではなかった。

おそらく、サファイアを辞めたのは、信頼できそうなパトロンができたためだろう。しかしパトロンだか愛人だかわからぬ男との生活は、長くつづかなかった。彼女は捨てられて一人になった。

だが、ひとたび懶惰《らんだ》な生活を味わった彼女は、もはやもとのあくせくした生活に戻る気になれなかった。はたらかずに、安楽な生活をつづけるにはどうしたらいいか。そうなると、女の辿《たど》る道は一つしかないし、その一つの道だけは残されている。男ならルンペンになって公園のベンチに寝そべるところだが、女はベッドの上に相手を見つけて寝そべればいい。

そこで彼女は玉川を訪ねたのではないだろうか。

玉川は直ちに恰好な男をつれてきた。彼女のもとに運ばれる男たちは、さまざまな職業にわかれ、中には七十近い老人まで含まれていた。このことは彼女自身が語ったことだ。

そして、つい二、三日前まで関係していた男が、志賀栄太郎だったということになる。

「志賀栄太郎のおくさんは、どんな人だったのかな」

わたしはつづけた。志賀伊佐子は、もと、この店の女だったのではないかと思ったからである。

しかし、予想ははずれた。マリ子が、殺された伊佐子の顔を、新聞の写真で初めて見たと言った。

そのとき、奥に別室があるというドアが開いて、最前、マスターの佐竹に会いたいと言ってきた野本という若い男が現れた。

大口との話がすんだのだ。しかし、どのように話がすんだのか。――青白い顔の右頬だけが紅潮して、上唇がかすかながら腫れていた。

若い男につづいて現れた大口は、別に変った様子を見せない。

若い男はうつむいたまま、よろめくように客席のうしろをとおると、入口のドアを体ごとぶつけるように押して消えた。

痛めつけられた野本の後姿を、ドアのところで見送った大口は、やくざめいた仕種《しぐさ》で肩をゆすった。

野本について、わたしは思いあたることがあった。

六

「これで勘定をたのむ。ツリ銭があったら、きみにあげる。もし足りなければ、追いかけてきてくれ」

バーテンの大口がカウンターの中に戻ろうとして、くぐり戸に頭をつっこんでいる隙《すき》に、わたしは千円札をマリ子の前に置いて立ちあがった。

サファイアを出ると、銀座方面へ行く野本の姿がみえた。疲れきったように首を垂れて、おそい足どりには力がない。

わたしは後をつけた。はなやかなネオンサインにいろどられた夜の銀座界隈《かいわい》もさすがに十一時を過ぎると人通りが疎《まば》らになる。粋をきそうショー・ウインドウの明りも消えて、やがて小一時間もたつうちには、バーやキャバレーから吐きだされた人々の影をとぶらうように、静かな夜の中に沈んでしまう。

銀座の夜の閉幕は早い。プラタナスの葉うらをひるがえす夜風に吹かれ、女房や子供の恋しくなった男たちは、終電におくれまいとして家路をいそぐ。まだ飲みたりぬ野郎どもは、さらにタクシーを拾って新宿や渋谷、池袋へと足をのばして更《ふ》けゆく夜を惜しむにちがいない。それがもう少し羽振りのいい奴ならば、口説き落とした女をつれて、赤坂から六本木界隈のナイトクラブへくりこむ算段になる。

しかし、よろめくようにサファイアを出た野本という男はどこへ行くのか。凮月堂の角を左折して、国電ガード下の暗い道をゆく男の影は、目標をえて歩く者の足どりではなかった。人通りの絶えた帝国ホテル横の日比谷公園にむかう。公園前の都電通りにでたとき、男は進行方向に迷うように立ちどまった。

わたしは追いついて声をかけた。

「失礼ですが――」

わたしは静かに言ったつもりである。

男はギクッとしたように振りかえった。

「野本さんと言いましたね。さきほど、サファイアでお見かけしました」

「あなたはどなたですか」

野本の眼は怯えていた。

「佐久と言います。私立探偵ですが、事務所はもっていません。日雇い探偵みたいなかたちで、あちこちの探偵社から仕事を拾って歩いています。探偵の下請け屋と思われることもあるが、おかげで誰からも命令されないし、気にいらぬ事件はやらないですむ」

「ご用は何ですか」

「志賀伊佐子の殺された事件について、お尋ねしたいことがあります」

わたしは思いきって言った。

犯行当日の正午頃、近所の中学生に、志賀家から出てくるところを見られた男が野本にちがいないと思ったのだ。わたしの判断の手がかりは、『痩せっぽちの、メガネをかけた若い男』という郷原部長から聞いたことだけだった。

野本は明らかに動揺した。ボストン型の黒ぶちメガネの奥で、黒瞳《くろめ》の大きな眼が瞬《まばた》きもしない。驚くばかりで、口がきけぬ様子である。顔面蒼白だった。

「歩きましょう。立っていては話ができない」

わたしは野本を促して、田村町方面へむかった。

「新宿三光町、トロリーバスの通りに面したラーメン屋の二階に、久里十八探偵事務所というちっぽけな私立探偵社がある。わたしは久里十八の依頼で、ある男を尾行していた。尾行を始めて二日目に、わたしは志賀伊佐子の殺された現場にぶつかった。久里十八にある男の調査を依頼した人物は、調査依頼の打切りを通告してきた。したがって、現在わたしが動いているのは、だれに頼まれたからでもない。あるいは、わたしは好奇心が強すぎるのかもしれない。あなたがどう思われようと結構です。しかし、質問には答えてください。これからお話しすることは、ことごとくあなたに関連しているはずです。事件当日、すなわち昨日の正午ごろ、あなたは志賀さんのお宅から出てくるところを、近所の人に見られています。ご存じでしたか」

「………」

野本は答えなかった。無言は肯定だった。

「犯人があなたであるかどうかは、警察も確信がないだろうし、わたしも勿論しらない。しかし昨日の正午頃というと、志賀夫人伊佐子はすでに死んでいたはずなんだ。警察があなたに疑いをかけたとしても不思議はない。弁明できますか」

「………」

野本はやはり無言だった。

半円の月が南東の空に上っていた。わたしと野本との影は、斜《なな》後方に折重なるように倒れてついてくる。人の往来は少いが、通りすぎる車のライトは絶えない。正方形の敷石をしいた歩道に、二人の靴音は乱れがちに鳴った。

「質問を変えましょう」

わたしは続けた。

「佐竹という男はサファイアの経営者らしいが、あなたが彼を訪ねた理由は何ですか。そのときの様子から推すと、あなたは初めてサファイアにきた客のようだ。大口という太ったバーテンに別室につれこまれ、出てきたときには右の頰が赤く、上唇が腫れていた。なぜ佐竹を探しているのか、なぜ大口に殴られたのか。それを答えてください。もし答えられないなら、お厭でも四谷署まで送らせてもらいます」

「…………」

野本の靴音がとまった。

わたしは返事を待った。

野本の眼が、食いいるようにわたしを見つめた。

わたしは野本の視線に耐えた。

野本の視線が落ちた。

わたしはなおも待つことに耐えた。

腕を組合った男女が、怪訝《けげん》そうにわたしたちを振返って通り過ぎた。

七

「助けてくれますか」

野本は頭にかかったものを振りきるように顔をあげた。真剣な眼差《まなざ》しだった。哀れっぽい眼つきではない。同情ではなく、力を求める眼だった。

「話を聞かなければ、答えられない」

わたしはふたたび歩きだした。野本はついてきた。

「佐竹に脅かされているのです」野本の声は、昂《たかぶ》っていた。「百万円を都合して渡さなければ、ぼくの将来は破滅します。いえ、将来だけではない。ぼくは到底生きてはいられません」

「大げさなことを言ってはいけない。第一、話のポイントがさっぱりわからない。なぜ脅かされているのか、話を聞かされるほうにも順序がある」

「昨日、伊佐子さんを訪ねたところを、佐竹に見られたのです」

「近所の中学生にも見られてますよ」

「中学生のほうは、ぼくが何者かということを知りません」

「あなたは何者ですかね」

「野本安之助という名をご存じですか」

「聞いたことがあるような気もするが」

わたしは思い出せなかった。

「国会議員を三期ほど勤めて、短い期間ですが国務大臣になったこともあります。もとは中央銀行の頭取をしていました。今は政界からも退いて、自宅にこもっています」

「忘れましたね。というより、大臣の名前を憶えたことがほとんどない」

「ぼくの名は野本安彦、安之助の長男です。三年前に大学を卒業して、中央銀行の渋谷支店に勤めています。もちろん平社員ですが……」

野本は恥じらうように名のった。

そう言われて気づいたわけではないが、いかにも甘いものを舐《な》めすぎて育ったような顔だちだった。脅かされて死ぬ気になるというのも、温室そだちのひ弱な証拠だろう。

「つづけてください。伊佐子を訪ねた理由は何です」

「昨日の朝九時ごろ、会社へ出勤すると、間もなく、伊佐子さんから電話がありました。どうしても話したいことがあるから、正午に若葉町の自宅へきて欲しいというのです。用事の内容は言いませんでした。ぼくは得意先をまわるという口実をつくって、十時半頃銀行を出ました。お得意の会社を一軒だけまわって口実の仕事をすませ、お宅に着いたのが十一時五十分頃だったと思います」

「若葉町の家は知ってたんですね」

「伊佐子さんに呼ばれて、何回か行ったことがあります。だから、伊佐子さんに呼ばれたときは、ご主人も娘さんも留守だとわかっていました」

「それから？」

「ぼくは玄関をあけて声をかけました。返事がありません。ぼくは無断で上りました。すると、茶の間に仰向けになって、伊佐子さんが倒れていたのです。顔色を見て、すぐに死んでいるとわかりました」

「手足に触《さわ》ってみましたか」

「いえ、そんな余裕はありません。ぼくは慌《あわ》てて逃げてきました」

「死体現場には手をふれなかったと言えますか」

「言えます。箪笥の引出しなどが開けられていましたが、ぼくがやったのではありません」

「佐竹に見られたというのは？」

「ぼくは夢中だったので、気がつきませんでした。慌てて玄関をとびだすと、まっすぐ銀行へ帰りました。佐竹がぼくを訪ねてきたのは翌日、つまり今日の午前十時頃です。日曜日なので、ぼくは家にいました」

「佐竹とは以前から知ってたんですか」

「二、三度、六本木のサファイアで話したことがあります。佐竹はサファイアのマスターだし、ぼくは半年くらい前まで、週に一、二度はサファイアで遊んでいました。なんとなく顔見知りになって、ぼくは名刺を渡したことがあるんです」

「訪ねてきた佐竹はどうしましたか？」

「何をしにきたのかと不思議に思いましたが、顔見知りなので、ぼくは応接間へ通しました。すると突然、百万円都合してくれと言うのです。もし都合できなければ、昨日のことを父に話すし、警察にも話すというわけです。佐竹のやつはぼくが伊佐子さんの死体を発見して逃げたことを知っていました」

「なぜだろう」

「見てたのだと思います」

「見てたとは言わないのか」

「言いません」

「用心深い奴だな」

佐竹が野本の行動を見ていたとすると、佐竹もまた死体現場にいたということになる。彼はその証拠になる立場を、巧妙に逃れたのだ。

わたしと野本とは、田村町一丁目の交差点をわたって、四丁目から御成門へ向っていた。たまたま差しかかったところに、終夜営業の中華料理店があった。赤・黄・青の三原色をごてごてと塗りたくった竜の絵看板の上に、ネオンサインの店名が赤々と輝いて、かなり大きな店構えである。

さほど疲れてもいなかったが、わたしは野本を誘った。

八

広々と奥行の深いダイニング・ルームの、純白のクロスを垂らしたテーブルはほぼ満員の盛況だった。青味がかった大理石を張りつめた三方の壁は、いかにも豪奢《ごうしゃ》な感じで、久里十八探偵事務所階下のラーメン屋とは、あまりに格段の差がある。ところどころに外人の姿も見え、テーブルを囲む客の服装を見ても、格段の差は万事に及んだ。

もちろん、ボーイの差出したメニューを克明にさがしたところで、三十五円のラーメンやギョーザの類《たぐい》は見当らない。

わたしは空腹でもなかったし、多分に懐中の都合もあったので、川銀耳《チユワンインアール》にした。白キクラゲのスープだ。

野本も同じものをたのんだが、相変らず顔色は冴《さ》えない。深夜の客たちの、日中どこで何をしているかは不明だが、そのいずれも楽しそうに饒舌《じょうぜつ》をかわしているのに較べて、野本の表情はきわだって暗かった。

「百万円は払うつもりですか」

わたしは、スープが運ばれてから言った。

「いえ、払うつもりはあっても、ぼくにはそんな大金がありません。しかも、一週間以内に都合しろというんです」

「お父さんには金があるでしょう」

「佐竹もそれを言いました。しかし、父が金持ちだったところで、ぼくは銀行の平社員にすぎない。厳しい父ですから、事情を話せば怒るにきまっています。決して、父はそんな金をだしません。それでもう一度佐竹に会って、話合いたいと探していたのです」

「話合いとは?」

「十万円くらいなら何とかなるし、月賦でよければ、もう少し都合ができます」

「きみは一見利口そうに見える。しかし利口な男ならそんなことは考えないね。話合いをするということは、脅迫されるだけのことをしたという証拠だ。もし一万円でも佐竹に渡したら、きみは絶対に彼から逃げられなくなる。その事実を知れば、警察がどんなに喜ぶかを考えないんですか。潔白なら、佐竹の脅迫を気にすることはない。堂々と断ればいい」

「しかし……」

「佐竹は決して密告しない。きみのことを警察に知らせたところで、彼は一円の利益にもならないんだ。佐竹に脅かされるのが厭なら、事件が片づくまで姿をかくしていればいい。バーテンの大口には、なぜ殴られたんです」

「よくわかりません。ぼくの態度が気にくわなかったからでしょう。佐竹の居所を教えてくれと言ったら、いきなり殴られました。大きなツラをするなというんです。それから二、三発つづけざまに殴って、出ていけと言ったきりです。どこへ行けば佐竹に会えるのか、どうしても教えてくれなかった」

「きみと伊佐子との仲をきくのはヤボなようだが、知合った動機はなんですか」

「伊佐子は六本木のサファイアにいた女です。ホステスですね。三度目くらいに一人で行ったとき、佐竹から紹介されました」

「終夜営業のナイトクラブは、ホステスを置くと警察がやかましいんじゃなかったかな」

「でも、サファイアには伊佐子以外にも十人位の女がいました。公然とホステスを置くことができなくても、わからぬようにやることはできます。マスターの佐竹にコネをつければ、女の一人や二人はいつでも都合してくれるようでした。そんなところの女だから、ぼくは伊佐子を生娘だと思ったわけではないし、おそらく、どれだけ多くの男を渡り歩いている女か、知れたものではないと想像していました。ぼくだって、きれいな女に会うごとに、いちいちのぼせあがるほどの子供ではありません。ところが伊佐子にたった一度会っただけで、俘虜《とりこ》になってしまったのです。あんな女のどこがいいのかときかれても、はっきり答えられません。妙に男心を惹《ひ》きつける魅力のある女でした。ぼくは夢中になりました。彼女のほうも傾いてきました。あとは申すまでもないと思います。男と女との、ありきたりの成りゆきが、彼女の結婚後もつづきました」

「すると、彼女はきみを愛していながら志賀栄太郎と結婚したわけか」

「志賀栄太郎とは、どうしても結婚しなければならないのだと言いました。その理由は言いませんでしたが、ぼくとしても実はそれでよかったのです。ナイトクラブの女との結婚を、父が許すはずもなかったし、ぼくも結婚までは考えてはいなかった。だから、結婚後もぼくとの関係がつづくなら、彼女が誰と結婚したって構わないし、むしろそのほうが、女に責任を感じないですむと思いました」

「志賀栄太郎は、きみと伊佐子との間に気づかなかったんですか」

「全然知らなかったようです。気づいた様子がないと伊佐子さんは言っていました」

「なるほど」

わたしはうっとうしくなった。いかにも当世ふうの、要領のいい遊冶郎《ゆうやろう》のやり口だ。それをのろけまじりに聞かせながら別に反省の色もみえないのは、いっそサバサバとして小気味よく、聞くほうも爽快な気分に浸っていればいいのかもしれない。彼が悔んでいるのは、女の死体を眼前にして、女の死体現場にぶつかった上、それをタネに金をゆすられている事実だけだろう。女の死体を眼前にして、声をかけようともせずに逃げだした男なのだ。彼には彼なりの愛し方があって、精いっぱい愛したつもりでいても、彼の本性はそこに現れている。冷い打算にたけると同時に、お坊ちゃん育ちの弱虫野郎なのだ。

「ブタ箱に放りこまれるのが厭なら、なんとか百万円都合してみるんだな」

わたしはスープを飲みほした唇を拭いながら言った。

「助けてくれないのですか」

野本は意外という顔をした。

「なぜ、ぼくが助けなければならないのかね」

「このままでは、ぼくが逮捕されます」

「甘ったれてはいけない。身からでた錆《さび》ならやむをえないだろう。ぼくときみとは赤の他人だ。なんの関係もない」

「だから、助けてくださいとお願いするんです。助けてください」

野本の眼つきが、哀れっぽくなってきた。

わたしは商売にとりかかることにした。話の筋がはっきりしたのだ。

「ぼくの仕事は値段がはりますよ。さしあたっては十万円頂戴する。その後のことは事件の経過次第だ」

「結構です。お願いします」

野本は早速背広のポケットから、札束をとりだした。一万円札ばかり十枚、佐竹と話合いをつけるつもりで用意していたのだろう。

わたしは札束を受取った。

野本の容疑が無実であれば、どうせわたしのしようとしていることは、彼を助けることになるのだ。助けるつもりはなくても、結果的にそうなるとしたら、十万円は貰っておくしかない。佐竹にわたる金が、わたしに回ってきたというにすぎない。

わたしは野本の依頼を引受けた。

もちろん、助けることができるかどうかはわからない。自分の気がすむまで、やりたいことをやってみるだけだ。十万円の札束は、幸運な駄賃である。

九

中華料理店をでたのは午前一時近かった。

「電話で呼びだしをかけてきたのは、伊佐子に間違いないだろうね」

わたしは念を押した。

「間違いありません。彼女の声は聞きなれています」

野本は断言した。

「志賀栄太郎に会ったことがありますか」

「いえ、声を聞いたこともありません」

「伊佐子は、夫の栄太郎のことを何と言ってました」

「平凡で退屈な男だと言っていただけです。ぼくもご主人の話は聞きたくなかったし、彼女も話題にすることを避けていました」

「伊佐子の、夫以外の男というと、きみだけかな」

「そうだと思います。ほかにいたかもしれませんが、ぼくは気づきませんでした。夫を騙《だま》して平気なくらいだから、善良な女だったとはいえないでしょうが、それほど多情な女とも思えません」

「たとえば、伊佐子と旅館を利用する場合、勘定はきみが払ったのか」

「もちろんぼくです。ぼくは彼女のヒモでもツバメでもない。純然たる愛人でした。彼女がぼくに小遣いをたかるというようなこともありません」

「玉川徳太郎という男を知ってますか。コールガールの周旋や、ポン引きみたいなことをしている痩せた男だ」

「……知りません」

野本はしばらく考えてから言った。ほんとうに知らぬようだった。

「今夜は家に帰って、ぐっすり眠るんだな。そして佐竹が怖いなら、明日中にどこかへ消えちまうことだ。もちろん、消えるときにはぼくに連絡してくれないと困る。それから、もし警察に捕まったら、そのときもすぐ連絡してくれ。連絡先は久里十八の事務所がいい。ぼくが行くまで、警察には何もしゃべらないことだ」

わたしは久里十八探偵事務所の所在地と電話番号を教え、千代田区紀尾井町にあるという野本の住所を聞いてメモした。

通りかかったタクシーをとめると、野本の細い体を押しこんでから、わたしは後につづいてきたタクシーをとめた。

「六本木へ——」

わたしは運転手に言った。

石垣の上に高いコンクリート塀をめぐらした古風な洋館の、窓の少い外壁は色あせた緑色、タクシーをとめたところに明りの灯ったサインボードの文字は——クラブ・サファイアと読めた。

都電の走る大通りから、ほんの数メートル細い道を入ったところに、サファイアの入口があった。

紺色の制服に金ボタンをつけたボーイに迎えられて、赤いジュウタンを敷いたトンネルのように暗い廊下をわたると、急に視野がひらけて、人々のざわめきと音楽がとびこんできた。ホールの感じは小ぢんまりして悪くないが、客が多すぎて落着ける雰囲気ではない。客の大半は得体の知れぬ女づれで、外人の姿もかなり目立った。バンドが演奏をしている隅の狭いフロアは、抱合った男女の群れがひしめいている。東京の深夜の一時半——これが歓楽の終着駅とすれば、どうにもケチくさくて薄ぎたなくて、帰る家がないのかと言いたくなるほどの、しみじみ悲しい風景である。さして楽しそうな顔をしている奴もいない。

テーブルは満員だというので、壁際のバーへ行ってトマト・ジュースを飲むことにした。バーの止まり木も満員だったから、グラスを手にもって立ち飲みである。神宮外苑で殴られた頭の痛みは、ほとんど消えていた。

店内を見回したが、夜半十二時前後に閉店してしまうクラブとはちがって、一見してホステスとわかるような、裸の背中を露出させた女は見えない。巧妙に客の中にもぐらせているのだ。かなり派手な化粧をした女も多いが、それは銀座あたりのバーやキャバレーから、客をくわえて流れこんだもののようである。

しばらく観察をつづけるうちに、二人づれの外人客とともに出口へむかった女が、一人になって戻ってくるのを発見した。二十歳前後の、ブルーネットの髪をターバンのように巻上げて、整形美容術の成功見本みたいにツンとした鼻をしている。外人観光客むけの女ならば、髪は黒く、鼻もペチャンコで少しくらいはアグラをかいていたほうが愛嬌があっていいのではないか。おそらく、自分以外のために美しくなろうなどとは、考えたことのない女なのだ。

「ちょっと附きあってくれないか」

わたしは声をかけると、素早く一万円札を握らせた。

女はおどろいたらしかったが、握らされた一万円札の手触《てざわ》りには満足したようだった。

「お一人？」

女がきいた。

「待ちぼうけをくったんだ」

「お気の毒ね」

「テーブルはあいてるかい」

「探させるわ」

女はそういうと、通りかかったボーイに耳うちをした。

しかし、すぐに案内できるテーブルはなかったようである。

「間もなく空きますから……」

ボーイは恐縮したように、わたしに言った。

「踊りません？」

女はわたしの腕をとった。席がとれるまで、ぼんやり立っているつもりは、わたしにもない。誘われるままにフロアへでると、女の背中へ手をまわした。

「お上手ね」

女は、はちきれそうな胸を寄せて言った。お世辞にきまっていた。どんなリズムでも、たいていのものは自己流にこなしてしまうが、正式のステップは習ったことがない。わたしがダンスを踊るのは、女の足を踏んづけることができるからだ。

「マスターはきてるかい」

わたしは揺れながら言った。

「あら、マスターを知っているの」

「むかし知ってたんだ。最近はしばらく会っていない」

「多分きてると思うわ。呼んできましょうか」

「いや、あとでこっちから行ってみる。以前、伊佐子という女がいたんだけど、今でもいるかな」

「伊佐子さん？　今はいないわね。いつ頃のことかしら」

「半年くらい前だ」

「それじゃ知らないわ。あたし、このお店にきてまだ二月《ふたつき》ですもの」

この分では、山名江美のことなどは全然知らないだろう。

「玉川って男を知らないか。痩せた背の高い男で、鼻の脇にイボみたいなホクロがある」

「あんた、いろんなことをきくのね」

女は顔を上げた。わたしの腕の中で、女の体が緊張した。商売柄、こういうことには敏感なのだ。

「ぼくは私立探偵だ。ある人に頼まれて調べごとをしている」

わたしは疑われぬうちに、自分から言った。

「やっぱりそうなのね」

女は図星《ずぼし》だというように言ったが、刑事ではないと知って安心したようである。

「玉川の話をしてくれないか」

「口説き屋さんでしょ?」

「そうだ。コールガールの仕事にも手を出している」

女を口説き落として、自分の商売にくりこむのが仕事なら、まさに口説き屋にはちがいない。どうやら、玉川はその道の有名人のようだ。

「この店では会ったことがないけれど、前の店にいたとき話しかけられたわ。もちろん断ったけど……」

「前の店というのは?」

「新宿の『ゲルニカ』というバーよ。玉川は……」

女は言いかけて口を噤《つぐ》んだ。

背後から、わたしの肩を叩く者があった。

一〇

腕を放すと、女の体が離れた。

わたしは振返った。

銀座のサファイアにいたバーテンの大口が、きちんとした背広姿で立っていた。ニヤニヤと薄笑いを浮べている。

「なにをしにきたんだ」

ホールを横切り、大口はバーの近くにわたしを導いて言った。銀座の店のカウンターにいたときとは、態度がガラリと変っている。

「あそびにきたのさ」

わたしは大口の大きな体を見上げた。

「一人できたのか」

「一人できてはいけないのかい」

「ここは野郎一人でくる所ではない」

「女が踊ってくれたぜ」

「あの女はあとで殴りとばしてやる。おまえみてえな犬ころの相手をする女じゃないんだ」

「その体で女を殴るのか」

「男でも殴りたければ殴る」

「そうだったな。野本も唇を腫《は》らしていた。おれに用があるなら早く言え」

「ちいせえくせに威勢がいいな。ボスが呼んでるんだ」

「佐竹か」

「よく知ってたな」

「商売だよ」

「犬ころ商売か」

大口はビヤ樽《だる》みたいな体を先にたてた。

バーの脇の、黒いビロードの垂れ幕を分けると、リノリュームを敷いた廊下が左手に走っていた。

細い廊下に沿って小部屋が三室、大口はいちばん奥の部屋のドアをノックした。

返事は無用とみえて、すぐに真鍮《しんちゅう》のノブを回す。

「はいんな」

大口はドアを開くと、ふとって二重にくびれた顎《あご》をつきだした。

なんの装飾もないガランとした部屋の奥に、大きな事務机が一個、その向うの肘掛《ひじかけ》椅子にもたれているのが佐竹だろう。

やけに赤い唇は薄く、二段鼻の上に窪《くぼ》んだ眼は、カミソリの刃を入れたように細く鋭い。角ばった長い顎は、ひげ剃りあとも青々として、どうみても取っつきやすそうな人相ではない。

年はまだ三十五、六だろう。水玉の蝶ネクタイも板についた瀟洒《しょうしゃ》な身なりだが、体は食欲不振のカマキリみたいに痩《や》せている。左の薬指には、幅の広い金の指輪が光っていた。

佐竹はわたしを見て立上ると、机をまわって前面のソファに腰を落とした。

ソファの前には、腰の深い安楽椅子が三つ、せまい間隔を置いて並んでいる。

「坐れよ」

大口が言った。

わたしは中央の椅子に腰を下ろして、佐竹と向い合った。

大口は立ったままである。佐竹が葉巻をくわえると、大口が大急ぎでポケットからライターを出して鳴らした。

「何をしにきた」

佐竹は吐きだした煙の中で言った。ドスのきいた声だった。虫歯があったり、舌が短かったりしては、こういう声はでない。

わたしは大口と同じ質問に答える気がしないので、返事をしなかった。

「あそびにきたそうです」

大口が代わりに言ってくれた。

佐竹はとりあわなかった。

「この店ではたらく気はないか」

しばらくわたしを見つめてから、佐竹が言った。

「この店ではたらくと、いいことがありますか」

「大口にきいてみればわかる。酒にも女にも不自由はさせない」

「ぼくは酒が嫌いだし、女にも不自由していない」

「こいつはトマト・ジュースしか飲まねえんです」

大口がまた口をはさんだ。

「金が欲しいのか」

佐竹は無表情につづけた。

「欲しかったが、二、三時間前にそれも余るようになった。野本安彦が十万円だしたんだ」

「どういうわけだ」

「助けてくれというから、助けてやると言った。そうしたら十万円だした。それだけだ。その十万円は、あんたのふところへ入る途中だったらしい」

「もう一度言ってみろ」

「同じことを二度言うのは嫌いだ」

「おまえは、自分が利口だと思ってるのか」

「犬ころにしては利口かもしれない。野本は百万円なんか出しやしないぜ。十円玉一つも出すなと言ってやったんだ。きさまが警察へタレこむつもりなら、おれも警察に教えてやることがある。きさまは野本が死体現場に現れたところを見ている。ということは、きさまもその現場にいたということだ。しかも、野本より先にきていたことになる。これを知らせてやったら、警察の連中は喜んですっとんでくる」

「くだらねえ言いがかりを考えやがったな」

「証人をつれてこようか」

「証人がいるのか」

「その気になれば、証人の二人や三人つくりあげるのは簡単だ。口をそろえて、きさまが志賀家から出てくるところを見たと言わせてみせる」

「ふん」

佐竹は痩せた肩を揺すった。初めて笑ったのである。苦い笑いだった。

「証人をでっちあげるのは簡単だ。たしかにその通りだろう。しかしその前に、おまえの口がきけなくなることを考えないのか。考えてないとしたら、今からでも間に合うから、大急ぎで考えるんだな。トマト・ジュースも飲めなくなっちまうんだぜ」

「なるほど」

わたしも笑った。さわやかに笑ったつもりだ。

「神宮外苑のつづきをやろうっていうのか。殴られどころが悪ければ、ほんとうに口がきけなくなるところだった」

「運がよかったのさ」

「そうかもしれない」

「考えなおさねえか」

「なんの話だっけな」

「アメをしゃぶらせてくれたら、おとなしくするってことさ」

「断るね」

「どうしても駄目か」

「駄目だろうな。野本から十万円受取った以上、伊佐子を殺した犯人を警察へ渡さなければならない。外苑で親切にしてもらったお礼に忠告しとくけど、野本のことを警察にしゃべったら、おれもきさまのことを警察に話す。いいか。今日はこの辺で帰ってやる」

わたしは立上ろうとした。

「待てよ」佐竹が言った。先の尖《とが》った猫みたいな耳が、ビクッと動いた。「おまえがうろつき回っているのは、野本に頼まれたからか」

「しかし、野本に会う前から、低い鼻をクンクンさせていたのはどういうわけだ。銀座の店にやってきたのも、通りがかりというだけじゃないだろう」

「そうだ」

「江美にきいたのか」

「あんな女のことはどうでもいい」

「江美に会わせるか」

「居所がわかったらな」

「とぼけるのか」

「好きなように考えろ」

「おれも同じことを言おう、好きなように考えろとな」

「その後、玉川には会ったか」

「会わない。ここに来たのも、玉川を探すためだった」

わたしは立上った。

「マスター」大口が言った。「この野郎を、このまま帰しちまっていいんですか」

「玄関まで送ってやれ。ホールの勘定はとらなくていい」

佐竹は低く唸るように言った。

一一

「話のわかりそうなボスじゃないか」

わたしは佐竹の部屋を出ると、のそのそついてくる大口に言った。

「えらそうな口をきくな」大口は言った。「おまえは叩《たた》っ殺されるところだったんだぞ。どうして我慢したか知らねえが、ボスはカンカンに怒ってた。耳が動くのを見なかったのか。ボスは怒ると耳が動くんだ」

「あんたはおれの肋骨が欲しかったんじゃないのか」

「なんのことだ」

「となりのブルドッグにやるためさ」

「なんの話かわからねえ」

大口はとぼけた。

大口はとぼけたが、久里十八の事務所へ脅迫の電話をかけてきた歯切れの悪い声が、大口にちがいないことはほぼ確実だった。

とすれば、外苑でわたしの頭を殴った奴も、あるいは大口だったかもしれない。銀座のサファイアで、彼が急にわたしの視線を避けだしたのも、遅蒔《おそま》きながらわたしの正体に気づいたからだろう。

「今度来やがったら、冷蔵庫に放りこんでカチンカチンに凍らしてやるぜ」

大口は玄関まで見送って言った。

わたしは大口のふくらんだお腹《なか》を叩いて別れた。

午前三時を過ぎたばかりで、空はまだ暗かった。

自動車の往来は相変らず絶えないが、人通りはさすがに少く、遊び疲れた連中が、たまに立ちどまってタクシーを呼んでいる程度だった。

わたしは空腹を覚えたので、六本木の十字路の角のレストランに入った。

ジューク・ボックスからモダン・ジャズが流れていて、ここも客はいっぱいだった。

わたしは舌の灼《や》けそうなオニオン・スープで、空っぽの腹をあたためた。

タクシーを拾ってアパートに戻ったときは、東の空が明るくなっていた。

第三章　罠

一

ベッドの脇で鳴りつづける電話に起こされたのは、すでに正午近かった。いつになく熟睡して、八時間ほど眠ったことになる。

「たいへんなことになったぞ」

受話器をとると、甲高《かんだか》い久里十八の声がとびこんできた。

「野本安彦という男を知ってるか」

「知ってます。昨日の晩、銀座で会って事件をたのまれました」

「ばかなことをしたもんだ。野本は逮捕されたぞ」

「はやいですね」

「感心している場合ではない。今朝、志賀伊佐子を殺した容疑者として、自宅で逮捕されたんだ。ついさっき、四谷署の郷原部長から連絡があった。部長はカンカンに怒って、きみの話を聞きたいと言ってる」

「ふふ……」

「何がおかしい」

「部長の怒った顔を想像したんです」

「あの部長を怒らせると、始末がわるいことは知ってるはずだ。なぜ怒らしたのだ」

「怒らしたわけじゃありません。捕まっても何もしゃべるな――野本にそう言ってやりました。おそらく、野本は黙秘権をつかっているのでしょう」

「きみの責任じゃないか。怒るのは当り前だ」

「しかし、どんな証拠をつかんで、野本を逮捕したかわかりますか」

「わからんね。わたしが捕えたのではない」

「その点、部長は何も言わなかったんですか」

「言わなかった」

「野本は犯人じゃありませんよ」

わたしは、昨夜銀座のサファイアを出た野本に会って、援助を頼まれた経緯《いきさつ》を話した。

「すると――」久里十八が言った。「佐竹というやつが犯人か」

「それはわかりません。調べるのはこれからです」

「しかし、野本が犯人ではないという確信があるのか」

「あります。ぼくは彼に会って一時間以上も話した。野本は人を殺せるような男ではなさそうです」

「金になるのか」

「当座の費用として、十万円受取りました」

「そいつはすごい。こっちに、いくらよこすね」

「久里さんの働きによります」

「所長はわたしだぞ」

「ぼくは部下ではありません」

「しかし、わたしのところから出た仕事じゃないか。それだからこそ、事務所も利用させている」

「いや、久里さんに頼まれた仕事は、玉川の解約で打切りになったはずですよ。事務所のことについては感謝しています」

「感謝だけか」

「まごころをこめた感謝です」

「なに――」

久里十八はくやしそうに唸った。

「怒りましたか」

「怒ってはいない。わたしは何をすればいいのだ」

「まず、野本安彦について調べてください。中央銀行における勤務状況、女関係、その他彼に関することすべてです。それから、玉川徳太郎と山名江美の行方を調べてもらいます。玉川については水道橋の自宅とその近所の聞込み、烏森の事務所はわたしがあたります。それに久里さんは新宿のゲルニカというバーもあたってみてください。山名江美のほうは、幡ケ谷の清風荘というアパートを捜索《ガサ》ってみる以外に、手がかりはつかめそうもない」

「そんなに沢山の仕事を、わたし一人でやるのか」

「もちろんです。留守中の連絡は、加山春江がやってくれるでしょう」

「いくらよこす?」

「五万円」

「半分だな。よし、引受けたぞ」

十八の声が急に元気になった。

「ぼくはこれから四谷署へ行って、郷原部長と野本に会います。その結果次第で、それから何処へ行くかはわからない。加山春江と連絡をとるようにしますが、いずれにしても、今夜は事務所に寄りますから待っていてください」

わたしは電話を切った。

二

四谷署へ行くと、郷原部長は待ちかねていたようにわたしを迎えた。憤慨していることは、顔色をみてすぐにわかった。

わたしは狭い調べ室に通されて、部長と向い合った。

「野本に、何もしゃべるなと言ったのはどういうわけかね」

部長はわたしを睨《にら》みつけて言った。よくない眼つきである。久里十八だったら、ふるえあがったかもしれない。

「野本はなにも言わないんですか」

「住所、氏名、職業、年齢――それだけは言った。逮捕状に書いてあるとおりのことだ。聞かなくてもわかっている。ところが、事件のことになると、いっさい口を噤んで言わない。黙秘権を行使させていただきます、こう言ってすましてやがる。そして、新宿三光町の久里十八探偵事務所に連絡して、佐久という私立探偵を呼んでくれと言う。それっきり、なにをきいても返事をしない。きみが余計な入れ智恵をしたからだ」

「なるほど」

「何がなるほどだ。わけを言いたまえ」

「言いましょう。しかし、その前に、ぼくのほうから伺いたいことがあります」

「なんだ、また条件取引で、わたしから先にしゃべらせようというのか」

「お察しのとおりです。野本を逮捕した理由を聞かせてください」

「志賀伊佐子を殺した容疑だ。それ以上のことを言うわけにはいかない。きみは事務所を持ってないような安っぽい私立探偵で、弁護士ではない」

「それでは、ぼくも黙ります。野本にはいずれ弁護士がつく。ぼくは弁護士から話を聞くことができる。しかし、部長は弁護士に何を話したところで、ぼくの知っている内容を弁護士から聞くことはできませんよ。よく考えるんですね。この取引は、ぼくの利益より警察の利益のほうが多い」

「…………」

部長は考えこんでしまった。利益の差をはかっているにちがいなかった。

「野本安彦をなぜ犯人と断定したのか、ぼくの知りたいのはそれだけです」

「よし――」部長は顔をあげた。「しかし、今回はきみの話を先にしてもらう。昨日の取引の際は、わたしが先に話した。取引は公平に、代わりばんこといこう。決して聞き逃げはしない。どうして、野本に何もしゃべるなと言ったのだ」

「それは簡単です。四谷署の郷原部長といえば、有名なのは鼻下にたくわえたひげだけではない。警視庁管下、名刑事といわれる人は十指に余りますが、なかでも、ベテラン中のベテランとして郷原部長の名を知らぬ者はないでしょう。特に、その卓抜した訊問技術においては並ぶ者がないと聞いています」

「おだてるのか」

部長は渋い顔をした。しかし、わるい気はしないようだった。渋面はテレかくしのためである。

わたしは続けた。「その郷原部長に、抵抗力の弱い野本安彦が訊問されたらどうなるか。結果は確かめるまでもありません。野本は自分の不利になることまで、なにもかも喋《しゃべ》らされてしまいます。そして気がついたときには、容疑者として身動きできぬところに追いこまれてしまう」

「おもしろくないことを言うな。それでは、わたしが誘導訊問をして、犯人をデッチあげるみたいじゃないか」

「そうでしょうか」

「ちがうかね」

「ぼくは、郷原部長が誘導訊問をするなんて思ったこともありませんよ。部長の訊問技術がそれほど優秀だということを言っただけです。しかし、この技術がすぐれているということは、実は、これほど危険なことはないのです。ある先入観、つまり野本安彦が犯人であるという確信のもとに訊問をした場合、その確信をうらづける供述だけを巧みに引きだしてしまうからです。これは無実の容疑者にとってはもちろん、警察にとっても危険な罠でしょう。そこでぼくは、滅多なことを言うなと野本に言っておいたのです」

「屁《へ》理窟を考えたな。わたしがそんなヘマをするものか」

「しかし、現に野本を逮捕したじゃありませんか。彼を犯人と断定している証拠ですね。そうでなければ、参考人として呼出すだけで充分なはずだ」

「すると、警察はいい加減な当て推量で、野本の逮捕状をとったというのか。ばかなことを言っちゃいかんね。きみも私立探偵で飯を食うくらいなら、逮捕状のとり方くらいは覚えておいて損はない。逮捕状請求書に野本の住所と名前を書きこんで、逮捕状をくれといったところで、裁判所は逮捕状を出してくれやしない。それには、ちゃんと容疑十分であるという疎明《そめい》資料をつけなければならないんだ。まして、相手はもと国務大臣をしたことのある人の伜だ。人の子に変りはないにしても、そう迂闊《うかつ》にとっ捕まえられる男ではない」

「証拠があるんですか」

「もちろん、ある。まず第一に見つかったのが指紋だ。伊佐子が死んでいた部屋の、デコラ張りの食卓から家族以外の者の指紋がでた。そこで、この指紋を本庁の指紋掛《がかり》へ照会した。たちまちピタリと合う指紋が発見された。野本安彦は、半年ほど前に交通事故をおこして、指紋をとられていたんだ。事故は自家用車を停車中のトラックにぶつけた程度のもので、たいしたことはなかったが、このときの指紋がわれわれの役に立った。そのほかに、伊佐子の部屋を捜索した際Y・Nという署名の手紙が数通あった。鏡台の引出しの奥にかくしてあったが、ラブレターであることは言うまでもないだろう。読んでるほうの顔が赤くなるような、大アツアツのラブレターで、週刊誌などで活字にされたらワイセツ文書で発禁になるような代物だった。Y・Nすなわち野本安彦のイニシアルだ。このあとの捜査はやさしい。さっそく勤め先の中央銀行をあたってみると、ちょうど犯行時刻と覚しい時間に、野本安彦は外出している。外出先を調べたが、帰社するまでに時間の空白がある。さらにY・Nの手紙の筆蹟を調べたが、これも野本の字にちがいないことがわかった。そして今日の午前中、逮捕した彼を例の中学生に面通しさせた。一昨日の正午頃、志賀家の門を出てくる痩せっぽちのメガネをかけた男を見たという近所の中学生だ。中学生は野本を一目見て、一昨日目撃した男に間違いないと証言した。どうだ、これでもまだ、彼を逮捕してはいけなかったかね」

郷原部長はとうとうと語った。自信に満ちた口ぶりである。

わたしは部長が気の毒になった。

野本を逮捕したのは、部長が軽率なわけではなく、功をあせったわけでもない。逮捕された野本の運が悪いように、余計な証拠をつかんだ部長も運が悪いのだ。

「野本は犯人じゃありませんよ」わたしは言った。「たしかに、犯行当日正午頃、野本は志賀家を訪ねました。しかし、彼が行ったときは、すでに伊佐子は死んでいたし、訪ねた彼を黙って見ていたもう一人の人物がいたのです」

「誰だ、そいつは？」

部長の眼が険《けわ》しくなった。

「知りません。とにかく、野本はその人物に百万円よこせと言って脅迫された」

「ほんとか」

「野本にきけばいいでしょう。もっとほかにも、いろいろおもしろい話はありますが、それは野本に会った上で話したいと思います」

「野本に会わせろというのか」

「そうです」

「また取引だな」

部長は敏感にさとった。

野本の口から佐竹の名を出させないために、わたしはどうしても彼に会う必要があった。

伊佐子を殺した犯人が野本ではないように、わたしの考えでは、佐竹もまた犯人ではない。もし佐竹が犯人だとしたら、自分も死体現場にいたことを告白することになるような、脅迫をするはずがないからだ。それが警察にバレたら、野本といっしょに佐竹自身も捕まってしまう。殺人者のやり口としては、あまりにヘマでお話にならない。危険が大きすぎるのだ。佐竹が死体現場にいて、たまたま現れた野本を見たことは間違いないとしても、佐竹を犯人とするには心理的に無理がある。犯人ならば、むしろ身代わり犯人をデッチあげるために、脅迫よりも密告を選ぶにちがいないのだ。

ここまで考えてほぼ断定的に言えることは、犯人は佐竹の背後にいるということだ。

そいつが佐竹を動かし、大口を動かし、あるいは山名江美をまであやつって、わたしの行動を阻止しようとしているのだ。玉川もその一翼にすぎないだろう。

たかが女一人を消すだけの事件にしては、芝居が大がかりすぎる気もするが、とにかく、佐竹の背後を追及することは無駄ではあるまい。

しかし今、佐竹が野本を脅迫した事実を警察が知ったらどういうことになるか。考えるまでもない。警察は早速佐竹にとびついて逮捕するだろう。それでは困るのだ。そうなったら、佐竹の背後が閉ざされて、事件は壁につきあたってしまう。

しかも、佐竹は脅迫事実を認めたところで、死体現場にいたことは否認するにちがいない。志賀家の中ではなく、野本を見たという中学生のように、志賀家の外で野本を見たといえば逃げられるのだ。証拠のない限り、死体現場にいた佐竹の容疑に決定的なものはない。

佐竹を存分に泳がせておくこと——これがわたしの方針だった。

「警察にとって、決して不利な取引ではないと思います」

わたしは玉川の住所を教えることを交換条件として、野本との面会を、ようやく郷原部長に承知させた。

三

交換条件などともったいをつけたが、玉川の住所を知らせることは、積極的に警察の力を利用するためだった。久里十八の助力をえても、玉川の行方をつきとめることは覚束《おぼつか》なくなったし、わたしは玉川一人にかかっていられないからである。警察のほうで行方をつきとめてくれれば、それだけわたしの手数がはぶける。わたしは水道橋のアパートとともに、徳太郎というその後にわかった玉川の名も教えた。

野本安彦は、間もなく看守につれられてきた。手錠をかけられたまま、ノーネクタイで、ズボンのバンドは紙紐で代用、これは自殺を防ぐためだ。顔色はますます青白く、見るからに悄《しよう》然《ぜん》と現れたが、わたしを見るとにわかに眼の色をかがやかせた。ほっとした表情である。

わたしは安心させるための微笑といっしょに、ウインクを送った。

「話してもいいよ」わたしは野本に言った。「事件当日、きみは伊佐子から呼出しの電話をうけて、正午頃、若葉町へ行った。ところが、彼女が死んでいたので、慌てて会社に戻った。その翌日、きみは見知らぬ男の来訪をうけた。その男は、きみに百万円を要求し、都合がつかなければ警察に昨日のことを知らせると脅迫した。そうだったね。かつて、きみはその男を見たことがない。名前も知らなければ住所もしらぬ。きみは困った。無実の罪で疑われたくない。そうかといって、百万円の金もない。そこで、久里十八探偵事務所を訪ね、援助を依頼した。伊佐子を殺した犯人はきみではない。わたしはそれを信じているし、部長もわかってくれると思う。さ、安心して全部話したまえ」

わたしは供述すべき範囲を暗示した。佐竹に関することさえ伏せておけばいいのだ。

野本は了解した。

「今まで黙っていて申しわけありません――」

野本はしおらしく話し始めた。頭もわるくないし、芝居心もあるやつである。

郷原部長はウンウン唸りながら聞いていた。野本の話を聞き終ると、疑わしそうな眼をわたしに向けた。

「すると、野本が伊佐子を訪ねる前に、誰かが家の中にいたというのか」

「そうでしょうね。そいつが脅迫者です」

「信じられんな。脅迫者が住所も名前も教えなかったのはいいとしても、とにかく、その脅迫者が実在するかどうか、それを証拠だてるものがない」

「弱りきった野本が、探偵社に助けを求めてきたという事実があります」

「だめだね。わたしは私立探偵というものを信用していない。したがって、きみの言うことも信じない」

「頑固ですね」

「わたしの頑固はかなり有名だ」

「どうしても野本を釈放しませんか」

「脅迫者をつれてきたら、入れかわりに釈放してもいい」

「野本は犯人じゃないんですよ」

「それは調べてみなければわからん」

「残念ですね」

わたしは立上った。

郷原部長には気の毒だが、少くともこの二、三日間は、自分の思いどおりにやってみたかった。

「しばらく辛抱するんだな。脅迫されているよりは、警察にいたほうがのんきでいいだろう。十万円は無駄にさせない」

わたしは野本の肩を叩いて言った。

四

四谷署をでて、昨日とおなじ四谷三丁目のレストランへ行った。トマト・ジュースでトーストを飲みこみ、目玉焼つきのハンバーグを頰ばった。

わたしは丸の内の東洋ビルにある志賀栄太郎の店を覗いてから、烏森の玉川の事務所へ行く予定だった。

ところがレストランをでたとたんに、交差点の赤信号にひっかかって停車しているタクシーが、わたしの眼をとらえた。黒塗りのトヨペットである。その客席に、カマキリのように痩せた体をもたれて、角ばった長い顎をつきだしているのは、佐竹にちがいなかった。

わたしがすぐに予定の行動を変えたのは、探偵根性がしみついた尾行本能みたいなものかもしれない。

すぐに後続するタクシーをとめた。

信号が青になって発車した。

「どちらへ?」

運転手がバックミラーを見て言った。

「前の車をつけてくれ、黒いトヨペットだ」

「刑事さんですか」

「そうみえるかい」

「みえませんね」

「私立探偵だ」

「そうだろうと思いました」

「うまくやってくれ」

「尾行は倍額いただきたいんですがね」

「その代わり、失敗したら払わないぜ」

「失敗したことはありませんよ」

ハンチングをあみだにかぶった中年の運転手は、自信ありそうに言った。

近頃のタクシーは、かなり危っかしいのが街中をとばしているが、腰のすわったハンドルの扱いをみて、この中年の運転手は、安心してまかせられると思った。

わたしは佐竹をのせたトヨペットのナンバーを手帳に控えたが、その運転ぶりは危険きわまるものだった。割込みや信号無視を、ほとんど機会あるごとに犯している。交通違反を楽しんでいるような運転ぶりだった。佐竹の体が前方にのりだしている様子をみると、あるいは佐竹の指示でアクセルを踏んでいるのかもしれない。楽しんでいるのは、むしろ運転手よりも佐竹とみるのが妥当だろう。

「ふてえ野郎だ」

わたしを乗せた運転手は、黒塗りのトヨペットが違反を犯すたびに唸った。

向うが信号無視をすれば、こっちも同じようにして突っきらなければ尾行できない。そして白バイにでも捕まったら、尾行中止である。

四谷見附の十字路、凮月堂の角を左折、車は外濠《そとぼり》にそって市ケ谷から飯田橋をすぎた。

行先は依然不明。

松住町《まつずみ》までできて初めてコースが変った。

上野方面へ左折、天神下の交差点を右へ。

ようやく停車したのは、国電御徒町駅のガード下だった。

わたしのほうの車は五十メートルほど後方にとまった。

わたしは運転手にメーターの倍額を払った。

「いい腕だった」

佐竹はガードをくぐり、線路沿いの通りを左に曲った。尾行されていることに気づかぬ様子である。

パチンコ屋やバー、中華料理店などのならぶ細い道を二、三十メートル行って、佐竹は丸尾不動産と看板のでている不動産屋の脇の、道路から二階へ直通する階段を上って消えた。

国電ガード下の不動産屋の間口は二間ぐらい、奥行はわからないが、建物はかなり古びて、ガラス戸に、土地家屋の売買物件を書きこんだ紙きれがベタベタ貼ってある。

二階への入口には、芝垣《しばがき》商事と書いた小さな板切れがさがっていた。事務所のような体裁だが、何を商《あきな》っているかは不明。

わたしは筋向いのそば屋ののれんを分けて、ざるそばを注文した。四谷で食事をしたばかりだが、水をのんでねばるわけにもいかなかった。

五

ざるそばを食べるのは三分で済んだが、芝垣商事から佐竹が出てくるまでには三十分かかった。

佐竹と一しょに出てきた男がいた。

短く刈りあげた髪はみごとな銀髪である。漁師のように日焼けした肌の、年は六十にとどきそうにも見えるが、小柄ながら肩幅ひろく、腰つきなどもがっしりした感じで、油虫のように頑丈そうな男だった。

階段を下りて通りに出ると、佐竹と老人とはあらたまった挨拶をすることもなく左右に別れた。佐竹は御徒町駅のほうへ、老人は上野駅のほうへ。

わたしはそば屋を出た。このまま佐竹のあとを追うのも一策だろうし、老人のあとをつけてみるのも、無駄にならぬかもしれない。

しかし、わたしは芝垣商事の階段を上る方向をえらんだ。

ギシギシときしむ階段をのぼりきると、なんの装飾もない一枚板のドアがあった。

ノックをした。

「だれ？」

若い女の声がした。

わたしはノブをまわしてドアを押した。

三坪ほどの部屋に応接セット、表通りに面した窓とは反対側の壁際に、リンゴ箱くらいの木箱が天井近くまで積んである。床板は泥だらけ、天井はススだらけ、頭上を電車が通るたびに、ススが落ちてきそうな気配だった。暗いので日中から電灯がともっている。奥にもう一部屋あるらしい。

「芝垣さんは？」

わたしは女に言った。

「あら、今出ていったばかりよ。会わなかった？」

女は低いテーブルの前のソファに腰を下ろしたまま、磨きかけていた爪やすりの手をとめて、わたしを見上げた。

下ぶくれの美人である。まだ二十歳にもなっていないだろう。美人というよりは、可愛い娘といったほうがいい。年齢不相応に女にされてしまったような、不自然な色気が漂っている。眼のふちを黒く隅《くま》どった、場末の踊り子のような厚化粧はやめたほうがよさそうだ。

「今、佐竹といっしょに出ていった人が、芝垣さんか」

「そうよ、知らなかったの」

「初めて会うんだ」

「気がきかないのね。声をかけてみればよかったのに――」

「すぐ帰ってくるかな」

「わからないわ」

「どこへ行ったんだ」

「何となく出て行ったのよ。パチンコかもしれないわ」

「弱ったな」

「どんなご用かしら」

女はふたたび爪を磨きだしていた。

「きみはここの事務員かい」

「そうね。そんなところかもしれないわ」

「はっきりしないのか」

「あまりはっきりしてないわ」

「わからないな」

「わからなくていいのよ。そんなところにぼんやり立ってないで、こっちへきたら?」

女は腰をずらして、席をあけた。

ほかに坐れる椅子があったが、せっかく席をあけてくれたので、わたしは女と同じソファの隅に腰を落とした。

襟ぐりの深く切りこんだシャツ・ブラウスに、白く隆起した胸もとが覗けた。きれいに切りそろえた長い爪のマニキュアの色はコーラル・ピンク、しなやかに伸びた白い指である。

「芝垣というじいさんは何をやってるんだい」

わたしはくだけた口調で言った。そのほうが女の趣味にあいそうだったからだ。

「あら、何も知らないできたの」

女はおどろいたように顔をあげた。

「佐竹のあとをつけてきたんだ。あいつに痛めつけられた奴がいて、そいつから佐竹を調べてくれと頼まれている。この事務所に迷惑はかからないはずだ」

「なぜ、あんたがそんなことを頼まれたのかしら」

「退屈してるところを見込まれたのさ」

「あんた、やくざなのね。貸金の取立てやさんでしょう」

「ちがったね。ぼくはごらんのとおりの紳士だ」

「このごろのやくざは、たいてい堅気の紳士みたいな恰好してるわ。やくざっぽいのはチンピラだけよ」

女はうがったようなことを言った。

「くわしいな」

「常識よ」

「佐竹はチンピラじゃないのか」

「そうね、銀座あたりでもいい顔らしいわ」

「ここへは何をしにきたんだ」

「よく知らないけど、芝垣は大分おどかされていたわ」

「なぜだ」

「知らないのよ」

「見当もつかないのか」

「わからないわ。あたしをこの部屋に追いだして、奥の部屋で話してたんですもの」

「商売のことか」

「お金のことらしかったわ」

「それで、芝垣のじいさんは謝《あやま》ったのか」

「謝らないと思うわ。あの人は誰にも謝ったことなんてない人よ」

「佐竹は、ちょくちょくここへくるのか」

「そうね、月に二、三度くるかしら。いやな奴だわ」

「口の大きなデブチンをつれてきたことはないかな」

「大口というんでしょ」

「知ってるのか」

「たいてい佐竹と一緒にくるわ」

「どうだい、大口は？」

「佐竹よりもっと厭なやつよ」

「みんな厭なやつらしいな」

「あんたはそうでもないわ。どうして、あたしを抱こうとしないのかわからないけど」

「そんなことをしていいのか」

「みんな、そうしたがるわ」

「無理もないね。きみは非常にチャーミングだ。デパートの二階へつれていって、ナイロンのネグリジェを買ってやりたくなる」

「去年のクリスマスに、大口は五枚一組のカラー・パンティをプレゼントしてくれたわ」

「親切な男だな。そいつをはいたところを見せてやったかい」

「ほかの人に見せてやったわ」

「羨《うらや》ましいな」

「あんたも見たい？」

「ぜひ拝見したいね。拝観料をはらってもいいくらいだ」

「こんど見せてあげるわ」

女はふいと立上ると、わたしの膝にのって、首に腕をまわした。

女の尻の弾力は悪くなかった。

しかし、江美のときの前例があるので、わたしは気を許さなかった。

「キスしてもいいわ」

女は睫毛《まつげ》の長い眼を閉じた。小娘とは思えぬポーズだった。

「きみの名前を聞いておきたいな」

わたしは軽く唇をつけてから言った。

「カオル、片仮名でカ、オ、ルね」

「いい名前だ」

「パパがつけてくれたのよ」

「いいお父さんだな」

わたしは子供をあやしているような気分に、自分を転換させようとしていた。

「パパってのは父じゃないわ」女は妙なことを言った。「芝垣よ」

「芝垣？　あのじいさんがパパか」

「つまり夫ね」

「きみは、あいつのおくさんか」

「驚いた？」

「きみは幾つだい」

「十九歳」

「芝垣は？」

「六十二かしら」

「おどろいたな」

「愛し合ってるのよ」

「ひでえ話だ」

わたしは憂うつになって、女を膝から下ろそうとした。

そのとき、階段のきしむ音が上ってきた。

「パパだわ」

女はわたしの力をかりずに、すばやく膝から下りた。熟練の早わざだった。

六

「お客さんが待ってるわ」

女はとびつくようにして芝垣を迎えた。

芝垣は海亀のように垂れさがった皺だらけの上瞼をあげて、わたしを見た。闇の奥から見透かすような、警戒的な眼つきである。

「おまえはあっちへ行ってろ」

芝垣は女を奥の部屋へ追払った。

「私立探偵の佐久と言います」

わたしは女の姿が消えるのを待って、自己紹介した。

芝垣の薄い白茶けた唇が、ピクッと動いた。そのまま無言で腰をおろすと、わたしに向い合った。

ゆっくりした動作でピースの火をつけると、のみこんだ煙を小さな鼻から出した。

「佐竹とはどんな関係ですか」

「――」

芝垣はわたしの出方を待っているようだった。太く短い指にはさまれた煙草の吸口が、唾で濡れていた。

わたしが同じ質問を繰返そうとしたとき、

「佐竹のことか」

芝垣はようやく言った。

「商売仲間ですか」

「佐竹はナイトクラブの経営者だ。おれの商売とは畑がちがう」

「それでは何です」

「ちょっとした知合いだ」

「とぼけてはいけませんね。わたしは商売仲間とにらんでいる」

「おれの商売を知ってるのか」

「この裏はすぐアメヤ横町だ。ガード下の二階にえたいの知れぬ事務所を構えていれば、カンが鈍くてもおよその見当はつく」

「もう一度言ってみろ。同じことを言ったら耳をかじり取って叩きだす」

芝垣は物騒な啖呵《たんか》をきった。今にも食いつきかねない眼つきだった。言葉つきが静かなだけに、不気味な迫真力があった。

上野駅から御徒町駅にいたる四百メートルほどの国電ガード下一帯に、煙草、コーヒー、ウイスキー、香水、時計、万年筆などの舶来品をあつかう小さな店が、ざっと数えて四百店あまり、なかにはまともな商店もあるが、その多くが密輸品ということで、幾たびか警察の取締りをうけている。オカユもろくに食えない敗戦直後の物資欠乏時代に、ここのガード下を雨よけに、ミカン箱などを売台にしてヤミ市の発生したのが始りで、ここにくれば甘いアメを売る店も軒なみにあったというところから、今に残る〝アメヤ横町〟の名前が生れた。

戦後十六年、高級舶来品の密輸基地と化したアメ横は、貧困な政治の切りまわしの届かぬところで、庶民の夢を依然としてまかなっている様子である。法を犯しても金を儲けたい商売根性とはいっても、これが多くの人の夢につながっている限りは、いくら取締っても消えてなくなるものではない。七千八百円のガスライター「ロンソン」がアメ横では四千五百円で手に入る。そのほかすべての商品が、二割から四割ちかくの安値で買えるのだ。税金をまともに払うことのばからしさを耐えている人々にしてみれば、税ぬきの安い品が入るに越したことはない。アメ横の実情を知りながら、わざわざデパートへ行って高い品を買うほど、政府への義理は感じていないのだ。

このアメ横と背中合わせに、商事会社の看板をかかげて、洋酒の消費量の大きいバーや、ナイトクラブの経営者である佐竹らを出入りさせているとすれば、芝垣の商売内容はおよその見当がつく。

現にわたしの言ったことが芝垣の怒りをかった様子で、わたしの想像の当否は証明されたようなものだ。

「耳をかじられるのはゴメンだが」わたしは言った。「こっちの知りたいのは佐竹のことだけだ。あんたがどんなボロ儲けをしていようと、そこまでお節介をやこうとは思っていない」

「佐竹がここにくることは、誰にきいてきたんだ」

「佐竹のあとをつけてきただけだ」

「ほんとうか」

「うそをつくなら、もっとうまいことを考える」

「信用してやろう。佐竹のどんなことを知りたいのだ」

「まず第一に、佐竹は水商売以外に何をしているのか。佐竹と玉川徳太郎との関係、玉川と志賀伊佐子との関係、そして、伊佐子はだれに殺されたか」

「いろんなことを聞きやがるな」

「まだある。あんたは佐竹に脅された。その理由を知りたい」

「そんなことを、いちいちおれが答えると思ってるのか」

「返事をきくまで帰らない」

「知らねえと言ったらどうする」

「坐りこみだ」

「飯は食わせねえぞ」

「前のそば屋からそばの出前をとる」

「脳ミソが足りねえらしいな。伊佐子の亭主を疑ってみたか」

「志賀栄太郎か」

「おれの見当では、伊佐子を殺したのは亭主の栄太郎だ」

「そいつは駄目だ。栄太郎にはアリバイがある。伊佐子の殺された日、おれはずっと栄太郎をつけていたんだ」

「すると——」

芝垣の眉間《みけん》に深い皺が寄った。

「ほかに心当りがあるのか」

「ガツガツするな。二、三日待てば話してやってもいい。少し考えることがある」

「なぜ栄太郎を疑ったのだ」

「それも二、三日したら話す。今日はおとなしく帰れ」

芝垣は立上って、ドアのほうへ瘦せた顎をしゃくった。

七

わたしは芝垣の事務所をでると、御徒町駅前の赤電話で、山名江美のアパートを呼んだ。江美はやはり帰っていなかった。

それから丸の内の東洋ビルへ行った。栄美堂のウインドウにはカーテンがおりて、出入口の錠もしまっていた。

「栄美堂は休みですか」

わたしはとなりの洋品店に入って、芸者あがりのような、粋なきもの姿のおかみにきいた。

「ご主人のおくさんが亡くなられたとかで、今日はどなたもお見えになってませんが……」

おかみは好奇心の強そうな眼で、わたしを見た。

「おくさんが亡くなられたことは、志賀さんから連絡でもあったんですか」

「いえ、新聞で知りました」

「すると、殺されたことはご存じなわけですね」

「はい」

「殺されたおくさんを見たことがありますか」

「ええ、お店へちょいちょいお見えになってましたから。とても綺麗なかたでしたわ」

「話し合ったことは?」

「ありません」

「おくさんが殺されたことについて、なにか捜査の参考になるような話があったら、聞かせてくれませんか。ご近所の人たちの噂でも結構です」

わたしは刑事を気どって言った。

「そうですね……」

おかみは考えるように眼を細めて、水色のパンティに水色のブラジャーをつけただけのマネキン人形を眺めた。マネキンは江美に似ていた。

おかみの答えはなかなか出てこなかった。

「栄美堂に妙な男がきたことはありませんか。三十五、六歳でしゃれた身なりをしているが、カマキリみたいに瘦せた男です。もう一人はぶくぶくにふとった大男だ」

「いつも二人でいらっしゃる人じゃないかしら」

「そうかもしれない」

「その二人でしたら、三、四回見かけましたわ」

「どんな様子でした」

「どんな様子って、別に変ったところはありませんでしたけど……」

「その二人が、志賀さんのおくさんと一緒にきたことはありませんか」

「さあ……気がつきませんでしたわ」

「志賀さんの評判はどうですか」

「気さくな、とてもいい方です。ご商売も繁昌しているようですし、あたしなどは、いつもぜいたくな身なりをしているおくさんを、羨ましく思っていました」

おかみの返事は、なんの役にも立ちそうになかった。

とにかく、志賀栄太郎は美しい妻を愛し、商人として平穏な生活を送っていたのである。そしてこの平穏の中に、暗い陰の部分があったとすれば、それは伊佐子が勤めたことのあるナイトクラブの経営者佐竹と、その子分大口の存在だったろう。

わたしはまた国電にのって、新橋へでた。

野外ステージの下に馬券売場の窓口がならんでいる駅前広場を横ぎって、烏森の飲食店街へ入っていった。小さな一杯のみ屋の立ちならんだゴミゴミした通りである。日中からヤキトリを焼く煙が路上に流れ、つい目と鼻の先にネオンを輝かせている銀座とは、品格において格段の相違がある。

そのかわり、ツンとすましてボロもうけを企む銀座とは対照的に、酒も安ければ料理も安い。サービスに現れる女のコも、決して銀座から掃きだされて集ったわけではなく、安直にさわいで男をよろこばす手もちゃんと心得ている。いわば庶民のヤケクソのうっぷん晴らしの歓楽地帯、もうもうたるヤキトリの煙につつまれて、夜の殷賑《いんしん》はむしろ銀座をしのいで深夜におよぶ。

しかし、夜のにぎわいにくらべれば、さすがに日中は閑散として客足も少い。

わたしはぶらっと歩いていったが、「美波」という大衆酒場は探すまでのこともなく見つかった。間口二間ほどのガラス戸を夏向きに取払って、奥の調理場からU字形にカウンターがはりだして、前だれをかけた女を相手にしている客の姿はまだ三、四人、店頭で焼くヤキトリの煙がたちのぼった上の、ばかでかいブリキ製の看板には、「名物ホルモン焼・大衆酒場・美波」と筆太に書いてある。

このブリキ看板にかくれて、二階の様子はうかがうことができない。

ヤキトリを焼く団扇《うちわ》をバタバタやっている若い男にきくと、二階へあがるには裏口へまわらねばならぬという。

片足をふみこんだだけで異様な悪臭が鼻をつく狭い路地うらの、汲取り口から汚水がしみだしている便所のとなりに、人間一人やっと通れるくらいの階段があった。

二階は細い廊下の片側に、仕切られた部屋が三つ、いちばん手前の部屋の入口には「明治大正株式会社」と板切れがさがっている。なにをしている会社か見当がつかない。中央の部屋の表札は金ピカの真鍮《しんちゆう》板で、黒く浮んだ文字は「観光芸術映画社」とある。こっちのほうは、エロ映画専門のフィルム屋とみてまちがいないだろう。

三つ目のドアの表札をのぞくと、「玉川徳太郎法律事務所」とでていた。

いかさまもここまで徹底すると立派である。案外、玉川はユーモアを解するやつかもしれない。

どうせ玉川は不在だろうし、錠はこじあけるつもりだったが、ノブをまわすと、ドアは馬のアクビみたいな音をたてて開いた。

まず眼についたのは、ひっくり返った丸テーブルと椅子、それにケーブルのはずれた電話機だった。「美波」のブリキ看板の背がみえる窓際の机は、片袖の引出しが四つともぬかれて、床に転がっていた。

何者かが侵入し、部屋中をあさっていったのだ。わたしはかがみこんで、床に散った紙きれをしらべた。そば屋のツケ、なにも書いてないノート、映画館のチラシ、都内区分地図……ろくなものはない。

「なにしてるんだ」

突然、背後に野太い声がした。

わたしは振返った。

八

大口の大きな体がのしかかるようにわたしを見下ろしていた。

「さがしものだ」

わたしは立上って、大口に向い合った。

「見つかったか」

「いや」

「何をさがしてたんだ」

「いいものさ」

「いいものって何だ」

「多分、きさまが探しにきたものと同じだ。それとも、おれがきたのは、きさまが探し終ったあとだったかもしれない」

「ふん、相変らず口がへらねえらしいな」

大口は不機嫌そうに肩をゆすった。

「玉川をどこへやったんだ」

わたしは倒れていた椅子を起こして腰をかけた。

「そんなことをおれが知るものか」

大口は立ったままで言った。

「佐竹なら知ってるのか」

「佐竹だって知らねえだろう」

「それでは、誰が知ってるんだ」

「おそらく誰も知らねえさ。だからおれも探しにきたんだ」

「玉川を見つけて、どうするつもりだ」

「肋骨をもぎとって……」

大口は言いかけて口ごもった。昨日、わたしにつかった脅し文句と、同じことに気づいたのだ。

「となりのブルドッグにおごってやるのか」

わたしは大口の文句の先を続けてやった。

「うるせえ」

大口は十三文半ぐらいの靴で、足もとに転がっていた椅子を蹴飛ばした。

椅子はベニア板の壁にぶつかり、はねかえってもとの位置に転がった。

「怒るなよ」わたしは言った。「おれは自分が痩せているから、ふかふかマンジュウみたいに太ったやつが好きなんだ。機嫌をなおしてくれるなら、昨日、神宮外苑で殴られたことを忘れてやってもいい」

「おれはふかふかマンジュウか」

大口は不服そうだった。

「マンジュウは嫌いか」

「アンコのはいったやつは、野球のグローブでも嫌いだ」

「それでは、ふかふかマンジュウはやめにしよう。とにかく、おれは体格のいい男が好きだ。仲よくしてくれないか」

「仲よくするってどうするんだ」

大口はびっくりしたような眼で、わたしを見つめた。何か、誤解したらしかった。

「山名江美の居所を教えてくれ。おれは江美に会いたいんだ」

わたしは誤解を訂正させた。

大口は少し安心したようだった。

「江美にほれたのか」

「そうかもしれない」

「江美は他人のメカケだぜ」

「知っている」

「あきれた野郎だな」

「外苑でおれが気絶している間に、江美はどこかへ消えてしまった。あるいは、江美はきさまとグルだったかもしれない。それでも構わないんだ。会って、もう一度キスのやりなおしをしたい」

「だめだね。おまえはおれをばかだと思ってるだろうが、おれは案外ばかじゃないんだ。おまえが江美に会いたいのは、ほれているからじゃないくらいのことは直ぐわかる。どうしてもあの女に会いたかったら、佐竹にきいてみるんだな。ペコペコ頭をさげて逆立ちすれば、教えねえこともねえだろう」

「佐竹のところにいるのか」

「多分な」

「何をしてるんだ」

「可愛がってもらってるのよ。ボスの可愛がりがたは、ちょっと普通とは変ってるけどな」

大口は楽しそうに笑った。

江美の居所は佐竹にきけと拒否しながら、佐竹のところにいることを洩らしたことに気づかないのだ。

「江美は佐竹の女《スケ》だったのか」

わたしはつづけた。

「別にそうと決ったわけじゃないさ。ボスは十人くらい女がいるからな」

「豪勢じゃないか」

「羨ましいか」

「目先が変るのはいいものだ」

「一人前のことを言いやがるな。おれだって、五人や六人の女には不自由しないんだぜ」

大口は男前ぶって顎をひいた。二重にくびれていた顎が三重になった。

「芝垣のじいさんとは仲がいいのか」

わたしは話をかえた。

「芝垣を知ってるのか」

「昨日今日のつきあいじゃない」

「なぜ?」

「時々もうけさせてもらっている」

「おどろいたな」

「おどろくことはないさ。佐竹が出入りしていることも知っている」

「あのじじいに聞いたのか」

「それくらいは聞くまでもない。カオルという娘が、大口さんに会ったらよろしくと言っていた」

「うそをつけ」

「最近、物《ブツ》は何を扱ってるんだ」

「…………」

わたしは質問を急ぎすぎたようだった。物《ブツ》ときいて、大口の眼が険しくなった。

「おまえは、この部屋をかきまわして、何をさがしてやがった」

大口は本来の仕事に戻った。

「いい女の写真でもあればと思ったんだ」

「ふざけるのは飽《あ》きたぜ。ポケットの中のものをみんな出してみろ」

「おれはまだ何も見つけていない。この部屋は、おれがきたときからこの通りだった」

「ぐずぐず言わないで、ポケットの中身を見せろ」

「空っぽのポケットを見せるのか」

「文句を言うな」

「断るね」

「なぜだ」

「おれは命令されて、従ったことがない」

わたしは椅子に腰かけたまま、脚を組んだ。

「おもしれえ」

大口はわたしに近づいた。そして椅子ごとわたしを持上げたかと思うと、壁にむかって叩きつけた。

一瞬のことで、わたしは逃げる隙がなかった。

頭がガンとして、体全体がしびれるような痛みを感じた。わたしはけんめいに眼をあけていようとした。天井が大きく揺れた。わたしの体を、大口の手がさぐっているようだった。揺れていた天井が、グルグル回りだした。耳の奥で、セミの鳴くような声がした。気を失うかな
――わたしはそう思いながら、気を失っていった。

九

意識を回復したときは夜になっていた。窓から明りがさしているのは、飲食店に灯がともったのだ。

腕時計の針は七時二十分。脳の組織が弱いとみえて、気絶したのはこれで二度目だ。相手は二度とも大口だった。大口のばか力をあらためて認識した恰好である。

起きあがると、頭がふらふらして左の腰が痛んだが、外苑で殴られたときほどひどくはなかった。

暗い階段を下りて外にでた。月は見えないが、空は明るかった。

烏森いったいは夜の賑わいを取戻して、「美波」は客をつめこんでいた。

大口の欲しがりそうな物は持っていなかったはずだが、念のためにポケットをあらためた。野本安彦から受取った十万円のうち、一万円札が一枚不足していた。ケチなドロボウである。良心的なつもりか、それとも、一枚くらい抜いてもわからぬと思ったのか。いずれにしても、大口らしい愛嬌があった。

田村町の通りへ出て、タクシーを拾った。

虎の門から赤坂見附——弁慶橋を渡って清水谷公園をぬけ、紀尾井坂の上でタクシーをとめた。

あたりは静かな高級住宅地である。野本安之助の家をさがすには十分近くかかった。坂の中腹に塀を築き、大谷石の門構えも堂々と高く、六畳一間のアパートに寝起きしている庶民の心情としては、火をつけてやりたくなるくらい豪壮な邸宅だった。

門にとりつけたブザーのボタンを押すと、玄関が明るくなって、女中らしい若い女の顔がのぞいた。

わたしは名前だけ告げて取次ぎを頼んだ。

通された応接間には、三十号ぐらいの裸婦の絵がかかっていた。部屋の隅のブロンズの彫像も裸婦、作者はわからない。一方の壁を天井まで埋めた書棚には、革表紙の背中に金文字を浮かした本が、ずらりとならんでいた。経済学と法律関係の本ばかり。

「お待たせしました」

野本安彦の父、安之助が現れた。ダシをとられた煮干しのように、生気のない小柄な老人だった。かつては国務大臣をつとめ、中央銀行頭取の職にあった人物とは思えない。

わたしは事件の経過を話し、安彦の依頼をうけるにいたった経緯を説明した。

その間、安之助は身動き一つせずに耳を傾けていた。

細い眼をしょぼしょぼさせるだけで、相鎚さえ打たなかった。

「それで？」老人は顔をあげた。「あんたは何をしにきたのかね」

「今のお話をしにきただけです」

「それだけか」

「ほかに用はありません。ご心配でしたら、安心していただきたいと思いました。それだけです」

「あんたは昭和の生れかね」

「そうです」

「若いな」

「ごらんのとおりです」

「政府の経済政策をどう思う？」

「わかりません」

「うむ……ご苦労だった」

老人は立上った。帰れという催促だった。

どうも話がトンチンカンである。わたしは話すべきことを話したし、老人も耳を傾けて聞いた。だから、これで用事が済んだにはちがいない。しかし、わたしはこのまま素直に帰る気になれなかった。老人はわたしの話を聞いていなかったような気がするのだ。

「安彦さんのことは、わたしにお任せ願えるでしょうか」

わたしは安楽椅子に腰を据えたまま、老人を見上げた。

「好きなようにしたまえ」

老人は無責任なことを言った。深い皺をきざんだ顔には、なんの感情も現れていない。細い眼だけが静かな光をたたえていた。

「弁護士はどうなさるおつもりですか」

「必要ならば、安彦が依頼するだろう」

「お父さんとしては、なにもしてあげないんですか」

「必要な金があれば出さぬでもない。しかし、わたしは放任主義で倅《せがれ》を育てた。放任とは、責任をもたせるということだ。安彦がいかにしてこの試練を耐えるか、わたしにできるのはそれをじっと眺めていることだ。わたしの方針は、安彦自身が誰よりもよく知っている」

「なるほど」

わたしは感心した。息子が殺人事件の容疑者として逮捕されたというのに、頑として自分の主義だけを徹《とお》そうとする頭の固さに感心したのだ。

しかし、老人の放任主義も、息子の品質によりけりではないか。遺憾ながら、安彦は父親の期待に耐えられるような男ではない。薄っぺらの甘ったれ野郎を野放しにした結果が、今度の事件にまきこまれた原因なのである。

この老人の頑固さは、あるいは、耄碌《もうろく》現象のひとつかもしれなかった。

一〇

紀尾井町から久里十八の事務所に戻ると、加山春江が青い顔をして待っていた。

午後九時——彼女がこんな時間まで事務所にいることは、今までになかった。

「たいへんよ」

加山春江はわたしを見るなり言った。眼をまるくして、確かに当り前の表情ではない。

「どこへ行ってたの」

「あっちこっち」

「久里さんが捕まったわ」

彼女は詰《な》じるように言った。わたしのせいだと言わんばかりの剣幕である。

「どういうわけだ」

わたしは初めて彼女をまともに見た。

「殺人容疑よ」

「殺人？」

体が熱くなって、頭がガンガン鳴りだした。大口に叩きつけられたショックが、戻ってきたみたいだった。

「久里さんが志賀伊佐子を殺したというのか」

「ちがうわ。殺されたのは、御徒町のアメ横に事務所を持っている芝垣というじいさんらしいわ」

「芝垣が殺されたのか」

「あら、芝垣を知ってるの」

「ちょっと前に会ってきたばかりだ。わけを話してくれ」

「詳しいことは知らないのよ。夕方の五時半ごろだったかしら、ヨボヨボのおじいさんみたいな声の電話がかかってきて――」

「久里さんにかかってきたのか、ぼくにかかってきたのか、どっちだい」

「佐久さんよ。佐久という脳ミソのたりない小僧はいるか、と言ったわ」

「それからどうした」

「いないと答えたら、頭の禿げたほうでもいいと言うのよ。もちろん、久里さんのことね。そこで久里さんが電話口にでたわ。話していたのは三分くらい。電話が終って、御徒町へ行くと言って出かけたのが六時十五分前だったわ。佐久さんが戻るころだから、それまで帰らないでいてくれというので、あたしは自分の仕事をつづけながら待っていたの。そしたら、突然、四谷署の郷原部長から電話で、久里さんを殺人容疑で逮捕したと言ってきたのよ。詳しく聞こうとしたんだけど、部長は殺された男の名前しか教えてくれなかったわ」

「部長からの電話は何時ごろ？」

「まだ十分くらいしか経ってないわ」

「びっくりだな」

「あたしだってびっくりよ」

「まるっきりわからねえことになった」

「あたしだってわからないわ」

「電話をかけてきたヨボヨボの声というのは、聞き憶えのない声か」

「ないわ。ヨボヨボといっても、老人らしいというだけで、割合張切った声よ」

「デブの声か瘦せっぽちの声か」

「そうね、太った人の声じゃなかったわ」

とすると、大口ではあるまい。芝垣自身の声か。

「久里さんに会えるかどうかわからないが、ぼくは四谷署へ行ってくる」

「あたしも行くわ」

「駄目だ」

「なぜ」

「郷原部長は女づれを好かない。ぼく一人で会うだけでも面倒なんだ。それに、今の久里さんには心の平静が必要だ。きみが来たことを知ったら心が乱れる」

「失礼だわ」

「やむをえない」

わたしは加山春江を残して、四谷署へむかった。

久里十八がどのような失策《へま》をやり、それに対して、郷原部長がどのような疑惑を抱いたにしても、久里十八が殺人犯ではないことは明らかである。久里十八は芝垣に一面識もなかったはずだし、かりに何らかの動機があったとしても、すぐに人を殺すほどのオッチョコチョイではない。わたしは彼の臆病な分別を信じている。

しかし、芝垣が殺されたというなら、いったい何者に殺されたのか。

日中、わたしが訪ねたときには矍鑠《かくしやく》としていたのだ。ただし、ここで思いあたることが二つある。

一つは芝垣が佐竹に脅迫されていたらしいということ。それと、二、三日中に志賀伊佐子殺しの犯人をわたしに教えると言ったことの二点だ。

もっとも、第一の点については、この際あまり問題にならない。脅迫者が被脅迫者を殺すことは、常識に反するからである。せっかくの脅迫者の特権が、相手の死によって消えてしまう。むしろ殺人者の資格は、脅迫を逃れようとする芝垣のほうにあったはずなのだ。しかし、芝垣が反撃の材料をさがしだして、佐竹に対し逆攻勢にでたとすればどうか。そこまでカングって考えれば、逆に追いつめられた佐竹が、芝垣を消そうとすることもありえぬことではない。

だが、問題はやはり第二点に絞るべきだろう。伊佐子を殺した犯人が、芝垣の口を封ずるための犯行とみるのが妥当なのだ。そして、この点を追いつめていけば、佐竹の脅迫内容につきあたるにちがいないというのが、目下のわたしの見込みである。

芝垣は、あまりに何かを知りすぎていたにちがいなかった。

二

大きな机を前に郷原部長と向い合って、久里十八は下剤をかけられた犬のようにしおれていた。

ノックをしただけで無断で調べ室に入ったので、追出されるかと思ったが、部長は案外の笑顔でわたしを迎えた。わたしが現れると思って、待っていたにちがいなかった。

久里十八は、わたしを見て今にも泣きだしそうな顔になった。いじめられた子供が、家に帰って母親の顔を見ると、とたんに泣きだしてしまうときの顔と同じだ。

「どういうわけですか」

わたしは部長に言った。

「久里さんに聞いてみたまえ。久里さんが今わたしに言ったことと同じことを、きみにも言うかどうか、わたしもそれを楽しみに拝聴する」

部長は久里十八の供述を信じていないのだ。

そして、わたしを試験台につかうつもりで待っていたのである。

「心配することはありませんよ。ありのままを、そっくり話してください」

わたしは久里十八の肩を叩き、丸椅子を持ってきて、十八の脇に腰かけた。

「電話がかかってきたんだよ」

久里十八は恨めしそうにわたしを見て、話しだした。

「加山春江の受取った電話だが、最初はきみにかかってきたらしい。わたしでもいいというので、わたしが代わった。いいものを見せてやるから、遊びにこないかという電話だった。どんなにいいものなのか、それはいくらきいても教えなかった。場所は御徒町のガード下、アメ横とは背中合わせの表通りで、丸尾不動産という不動産屋の二階、芝垣だと言った」

「いいものを見せるのではなく、いいことを教えると言ったんじゃないんですか」

「いや、とても素晴らしいもので、佐久くんが欲しがっているものだと言った」

「おかしいな、ぼくは奴の前で、何も欲しがった憶えはない」

「とすればデタラメだろう。とにかく、わたしはその言葉にひっかかった。そこで早速でかけていった。芝垣商事はすぐに見つかった。せまい階段を上って二階のドアを押した。だれもいなかった。奥にもう一つ部屋があった。ノックしたが応《こた》えがない。それで、わたしはまたドアを押した。そしたら、六十歳くらいの銀髪のじいさんが、床の上に倒れていたんだ」

「死んでたんですか」

「すぐに心臓に手をあててみたが、とうに息は切れているようだった」

「それから？」

「はばかりながら、わたしは久里十八探偵事務所の所長だ。死体にぶつかったからといって、腰をぬかして逃げるような男ではない。まず最初に死因をあらためねばならぬと思った。じいさんの顔は暗紫色にふくれあがって、首には細紐みたいなもので絞めた索溝《さっこう》が、ほとんど水平に一周していた。兇器の細紐はなかったが、おそらく、背後から突然絞められたのだろう。そこで今度は、死後経過時間の推定にとりかかった。手足は冷えているが、額のあたりには、微《かす》かながら体温が残っていた。手、脚、顎などの硬直はまだ始っていない。死斑《しはん》もまだ現れていなかった。つまり、死後一時間くらいしか経っていないという見当だった」

久里十八は楽天的な元気さを取戻して語った。

このとき、郷原部長が口をはさんだ。

「どうかね」わたしを見て、部長は、会心の笑いを浮べた。「久里十八氏は余計なことをしすぎたと思いませんか。死因をあらためるのは警察のやる仕事だし、死後の経過時間を診《み》るためには、ちゃんとした鑑定医がいる。いずれの場合も、捜査権のない私立探偵が手を出すべきことではない。しかも久里さんは、それだけでは気がすまなくて、死体のはいていたズボンのポケットに手をつっこんでいたんだ。余計なことをするにも程度があるね。ちょうどポケットをさぐっている最中を、たまたま外出から戻ってきた女に発見された」

「女というのは？」

「芝垣の女だ。芝垣の孫みたいな小娘で、当人は女房だと言っているが、籍は入っていない」

「今の部長の話は本当ですか」

わたしは久里十八にきいた。

「そのとおりだ」十八はうなずいた。「わたしは死体の身元を調べ、犯人の手がかりをさぐるつもりで、じいさんのポケットに手をのばした。そこへ、カオルという変てこな娘が現れたんだ。娘はじいさんの死体を見てびっくりした。眠っている子を起こすように、鼻をつまんだり、脇の下をくすぐったりした。しかし、死んだ者がくすぐられて笑いだすわけがない。娘はオイオイと泣きだした。そして、おまえが殺したんだろうと言った。わたしにくってかかった。わたしは弁解した。弁解しても聞きいれなかった。わたしが逃げようとすると組みついてきた。わたしは殺人事件を知らせるためと、娘の暴力から逃れるために、一一〇番へ電話をかけようとした。そこへ、突然郷原部長が現れたんだ」

「郷原部長が？」

一二

わたしはまたしても驚いた。

「わけを話してください」

わたしは部長に向きなおった。

「用があったから芝垣のところへ行った。久里さんに出遭《であ》ったのは偶然だ」

「どんな用があったんです」

「そんなことは大きなお世話だ。きみに訊問される筋合いはない。それよりも、わたしのほうからきこう。日中、きみは芝垣を訪ねて会ったそうだが、何の用があって行ったのかね」

「今まで使っていた国産の万年筆が駄目になったので、外国の万年筆を安く売ってもらおうと思ったんです。アメ横よりも、直接、芝垣のじいさんに頼んだほうが安く買えますからね」

「そんなことをよく知っているな。芝垣とは以前から知合いか」

「まあね」

「いい加減なことを言うな。志賀伊佐子の殺された事件について、何か嗅ぎだしたな」

「それも、まあねと答えておきましょう」

わたしは、しばらく部長をじらせることにした。そして、質問を久里十八に変えた。

「事務所にかかった呼出しの電話の声に、憶えはないんですか」

「ない。初めて聞いた声だ」

「昨日、事務所にかけてきた脅迫者の声でも、玉川徳太郎の声でもないんですね」

「ちがうな。もっと年よりの声だった。いいものを見せてくれると言われたが、まさか、じいさんの死体を見せられるとは思わなかった。わたしはペテンにかけられたんだ」

「野本の素行は調べましたか」

「中央銀行へ行ってみた。素行はまず普通だろう。勤務成績もわるくない。もと頭取の伜というので、だいぶ優遇はされているが、同僚の評判もよさそうだ。志賀伊佐子との関係は、だれも知らなかった。上役たちは、彼が逮捕されたことで驚いている」

「水道橋はどうでした」

「玉川の部屋には錠がかかっていた。そこでアパートの管理人や、近くの部屋の女房連中の話を聞いたが、玉川の正体はわからんね。女房と小児マヒの女の子との三人暮らしで、玉川は神田あたりの出版社に勤めていると言っていたらしい。近所の者は滅多に玉川の顔を見かけなかったそうだ。女房は、亭主の稼ぎが悪いとこぼしているという話もあった。この二、三日、近所の者で玉川を見た者はいない」

「ゲルニカは？」

「まだ、これから行ってみるところだった。その前に一休みしようとして、事務所に寄ったところへ電話がかかり、御徒町へ行って死体にぶつかったわけだ」

「ゲルニカというのはなんだ」

郷原部長が割込んできた。

「玉川が出入りしていたというバーで、新宿にあるそうです」

「ふうん」

部長は「ゲルニカ」というバーを、思い出そうとする眼つきになった。

「ゲルニカをご存じですか」

「新宿のどの辺にあったかな」

「知りません」

「ちょっと思いだせんな」

「玉川について、警察のほうの捜査は進みましたか」

「行方はまだつかめないが、やつには前科が三犯ある。初めの一犯は電機製品のとりこみ詐欺。懲役六ヵ月で三年の執行猶予がついた。執行猶予がきれたとたんに、今度は売春防止法違反で、本庁の保安課員にパクられた。浅草でポン引きをやっていたんだ。これが一昨年の十一月、その次が去年の四月で、このときエロフィルムを押収された。しかし、あとの二犯はいずれも罰金を納めて釈放されている。その後ポン引きからは足を洗ったようだが、去年の春頃からコールガール専門に転業して、警視庁ではとうから眼をつけていた男だ」

「新橋の事務所を捜索《ガサ》りましたか」

「新橋に事務所があるのか」

部長は玉川の事務所を知らなかった。とすると、わたしが行く前に、新橋烏森の事務所を荒したのは警察ではない。

わたしは烏森を訪ねたときの模様を話した。

「大口という奴はなんだ。初めて聞く名前だぞ」

「銀座うらのサファイアというバーで、シェーカーを振っている男です。腰かけていた椅子ごと壁に叩きつけられて、ぼくは四時間ばかり気を失いました」

「すごい力のある野郎だな」

「ゴリラみたいな胸毛が、ワイシャツの襟元からはみだしています。もとはプロレスにいたのかもしれない」

「そんな野郎が、なぜ玉川の事務所に現れたんだ」

「知りません。やはり玉川をさがしにきたのか、それとも玉川の不在を承知の上で、事務所にあるはずの何かをさがしにきたのだと思います。しかし、奴がきたときは遅く、すでに室内は荒されたあとでした」

「そこでヤケクソになって、きみを壁に叩きつけたのか」

「大口の奴は、室内をかきまわしたのがぼくだと思ったんです」

「すると、きみが行く前に、玉川の事務所をかきまわして消えた奴は誰なんだ」

「わかりません。わかったことは、われわれや大口以外に、玉川の事務所を荒した第三の人物がいるということです。そしてこの人物は、なんの目的で事務所を荒したかという問題が残ります」

「心あたりはあるか」

「いえ」

わたしは首を振った。

「うむ――」

部長は考えこんでしまった。

佐竹の名を伏せておきながら、大口のことを話してしまったのは、わたしに目算があったからである。事件の関係者として大口の名をリストに加えた郷原部長は、明日にも大口の胸ぐらに食いついていくだろう。

その結果、大口の背後にいる佐竹を発見するかもしれない。むろん、佐竹も大口もとぼけられるだけとぼけるだろう。彼らが玉川を追いまわすことと殺人事件とは無関係だと主張できるし、警察に背中をみせねばならぬような弱味も、まだつかまれてはいない。しかし、野本を脅迫した犯人が佐竹とわかり、さらに今日の午後、彼が芝垣を訪ねた事実が判明すれば、佐竹の立場も決して安全ではない。

これらの警察の知らない佐竹の弱点を握っていることで、わたしは佐竹に優位にたつことができるのだ。警察が大口の捜査を始めれば、佐竹は警察の手が身近に伸びたことを知って、わたしを恐れるにちがいなかった。

さらに、もし志賀伊佐子を殺した犯人が佐竹自身、あるいは佐竹の仲間うちにいるとすれば、捜査の進展に対処するために、何らかの行動に移ることが予想されるのである。警察が動きだすことで狼狽するにちがいない敵の出方を、わたしは手ぶらで観測しようという計算だった。

しかし偶然とは言いながら、郷原部長はなぜ所轄ちがいの、芝垣の殺された現場に現れたのか。


わたしはいちばん気がかりな質問に移った。

「志賀伊佐子は芝垣の仲間だったのさ。ある強盗殺人事件の片われとして、芝垣は逮捕寸前のところだった」

郷原部長は意外なことを言いだした。

一三

「二ヵ月くらい前に起った事件だが、新宿三丁目の瑞賞堂《ずいしようどう》という宝石店に強盗が入って、店員の一人が殺されたことがあった。憶えているかね」

郷原部長は煙草を唇の端にくわえ、じらすようにゆっくりと火を点けてから言った。

瑞賞堂の強殺事件——それは当時、連日のように新聞の社会面を賑わしたが、今は人々の記憶から消えかけて、たった今部長に言われるまでは、わたし自身も忘れていた事件だった。次々に起こる新しい事件の報道に追われて、新聞紙上からもとうに姿を消した事件である。

わたしは辛うじて思い出した。

「閉店間際に、客を装っていたのが居直った事件でしょう。新聞で読んだ記憶があります。たしか二人組の強盗で、当日の売上げ金と、指輪、ネックレス、時計などをごっそり掻っぱらって、最後に男の店員を射殺してずらかった事件でしたね。犯人が捕まったかどうかは憶えていませんが……」

「他人の事件をそれだけ憶えていれば、記憶力のわるいほうではない。その先を続けると、捜査本部は犯人不明のまま解散したが、捜査は続けられ、つい最近になって贓品の一部とみられるヒスイの指輪が、管内の質屋の届け出によって発見された。瑞賞堂のおやじに見せたところ、強盗にやられた物にちがいなかった。そこで、このヒスイの指輪の出所を手繰《たぐ》っていった。どこに突当ったかは言うまでもないだろう」

「芝垣ですか」

「そのとおりだ。芝垣の奴は、洋酒や時計などの密輸品を扱う以外に、贓物の故買でボロ儲けしていたんだ」

「それが志賀伊佐子とどう結びつくんですか」

わたしは体をのりだしていた。

「ガツガツしないで落着いてくれ」部長は得意そうだった。「ここで話は強殺事件の状況に戻る。店内に侵入してピストルを振りまわしたのは二人だが、仲間はほかにもう一人、店の外でエンジンをふかして待っていた女がいたのだ」

「志賀伊佐子ですか」

「まさしくそうだよ。実をいえば、女の正体はつい昨日までわからなかった。捜査は芝垣まで辿《たど》りついたが、芝垣が口を割らなければ一歩も進めぬ状態で行詰っていた。一日のばしに芝垣の逮捕をのばして、彼の背後関係を洗っていたわけだ。ところが、志賀伊佐子が殺されて彼女の写真が新聞にでると、瑞賞堂のとなりのトンカツ屋のおやじが現れて、伊佐子は強盗の共犯で車の運転をしていた女にそっくりだと名のりでたのだ。死体に会わせてみたら、間ちがいないということになった。どうかね。これで芝垣と伊佐子とが一本の糸につながったじゃないか。今日、わたしが芝垣を訪ねていったのは、瑞賞堂の強殺事件ばかりでなく、彼が伊佐子殺しにも関係しているとにらんだからだ」

「すると、瑞賞堂の強殺事件に関係したのが、二人つづけて殺されたわけですか」

「そうだ」

「瑞賞堂に入った二人の男の正体はわからないんですか」

「全然わからん。そのとき店内にいたのは、田所《たどころ》という男の店員一人と、女の店員がこれも一人、店のおやじが不在中の出来事だった。客を装った二人組と応対したのは男の店員だったが、この男は殺されてしまった。女の店員はすぐに背中を向けさせられたので、犯人の人相をよく憶えていない。となりのトンカツ屋のおやじが、店頭に待機していた女の顔を憶えていたので、手がかりといえばそれだけだった」

「伊佐子を殺した犯人と、芝垣を殺した犯人とが同一人と思いますか」

「まだ、そこまでは考えていない」

部長はわたしを横目づかいに見て笑った。その手にはのらぬといった笑い方である。もし、二つの殺人事件の犯人が同一人なら、当然、芝垣が殺されたときは四谷署の留置場にぶちこまれていた野本の疑いが晴れるし、久里十八も直ちに釈放されねばならない。

部長はそうなることを警戒したのだ。

「しかしですね」わたしは言った。「伊佐子と芝垣、この二人の殺された事件が非常によく似ているとは思いませんか。まず第一に、二人とも細紐様のもので絞殺されている。さらに、事件にかかわりのない久里さんが芝垣の死体現場に電話で呼出されたように、伊佐子の場合にも、野本が同様の手段で現場に呼出されています。いずれの場合も電話をかけてきたのは被害者自身だった。つまり、犯人は被害者を騙して呼出しの電話をかけさせ、そのあとで殺しているのです。伊佐子と芝垣を殺した犯人は、ぼくは絶対に同一人だと思います」

「うむ」

部長の唇から微笑が消えていた。おそらく心の中では、部長も同じことを考えていたのだ。しかし、そうかといって今直ちに、野本を釈放するだけの決断がつかないのである。

「野本を釈放しませんか」

わたしは決断を求めた。

「いや」部長は辛《つら》そうに首を振った。「野本は今日送検して、勾留手続きをとったばかりだ」

「殺人容疑ですか」

「住居侵入だよ」

「慎重でしたね」

わたしは安心した。それは部長のためにも、野本のためにもいいことだった。殺人の見込みで送検した場合、警察はメンツを保つために、無理をしてでも殺しの証拠固めをしてしまう危険がある。志賀家へ無断で上りこんだというだけの、住居侵入罪で送検したということは、警察の慎重さを示すと同時に、自信のなさをも語っている。今の部長の顔色を見れば、芝垣の死によって、警察の自信はさらに崩れたにちがいなかった。

「久里さんもこのまま帰さないつもりですか」

「久里さんは死人のポケットに手をつっこんでいた。そこをカオルという女に見つかったのだから窃盗未遂ということになる。かりに、盗むつもりはなかったという弁解を通用させても、死体をいじくりまわしたのだから、軽犯罪法に触れることは間違いない。しかし、きみが責任をもって身柄を引受けるなら、久里さんは釈放しよう。実をいえば、留置場が満員だし、無駄メシを食わせる余裕もないというわけだ」

「芝垣殺しの容疑者として、久里さんを疑ったんじゃないんですね」

「当り前だ。わたしはそれほど慌て者ではない」

「よかったですね」

わたしは久里十八の肩を叩いた。

一四

久里十八に対して、聞きたいことがまだ二、三残っていると部長が言うので、わたしは事務所に待っている加山春江を電話で安心させてから四谷署を出た。

「あら」

声をかけられたのは、四谷三丁目へむかって歩きかけたときだった。芝垣の事務所にいた女、カオルだった。相変らず露出過剰のブラウスで、舞台化粧みたいな派手な化粧をしていた。

「探偵さんじゃなかったかしら」

暗いので、女はわたしの顔を覗くように見上げた。

「よく憶えていてくれましたね。しかし、ぼくが探偵だということはどうしてわかったのかな」

「芝垣に聞いたわ」

「そうか。こんなところで会うとは嬉しいね。ちょっとつきあってくれないか」

警察の玄関の前で、立話をするわけにもいかないので、わたしは女の腕をつかみ、都電通りを反対側へ渡って外苑のほうへ向った。

「芝垣が殺されたの知ってる？」

女がきいた。

「知ってるよ。それで今、警察へ行ってきたところだ。きみより前に芝垣の死体を見つけた久里十八という男は、おれの友だちだったんだ」

「偶然かしら、不思議ね。変なおじさんだったわ」

「どんなに具合に変なんだ」

「あんなに太っていて力も強いのに、あたしから逃げようとして三回も椅子につまずいてひっくり返ったわ」

「きみは、芝垣の殺されたことを全然知らなかったのか」

「もちろん知らないわ。四時半ごろ、芝垣にどこかから電話がかかってきて、その電話のあとで、芝垣に映画をみてこいと言われたのよ。誰かと、あたしに聞かせたくない話のあるときは、いつもあたしはパチンコか映画へ行かされるの。それで、あたしは上野の映画館で一本立ての映画をみて、帰ってきたら芝垣が死んでいたのよ。頭のはげた知らない人が、芝垣の身体検査をしていたので、びっくりしたわ」

「電話というのは、どこからかかってきたんだい」

「知らないわ。あたしは電話口にでなかったんですもの」

「客がくるような様子だったのか」

「そうね。芝垣は、待っているとか何とか、電話で話してたわ。さっき、警察でもきかれたけど、あたしは雑誌を読んでいたので、そのとき芝垣が何を話してたか聞かなかったのよ」

「きみも調べられたあとなのか」

「調べられたけど、まだ続きがあるらしいわ。あたしはお腹がすいたので、ちょっと失礼して、三丁目の中華料理店でチャーハンとラーメンを食べてきたところよ。また警察へ行かなければならないわ」

女は疲れているようだった。あるいは、夕食を食いすぎたせいかもしれない。

「芝垣は誰に殺されたのか、心あたりがあったら聞かせてくれよ」

「わからないわ」

「そう簡単に言っちゃいけないね。芝垣を恨んでいた奴の顔などを、順々に思いだすんだ」

「芝垣は誰にだって恨まれてたわ」

「なぜ？」

「お金にきたないからよ。もうれつにケチで、商売のことでも、いつもゴタゴタしてたわ」

「昨日、佐竹がきて脅していったというのも、商売のことか」

「多分そうね」

「商売というと、密輸の関係だな」

「よく知ってるわね」

「ほかにも知っていることは幾つかある。芝垣は故買をやってたろう。誰かが何処からか掻っぱらってきた物を、安く買い叩くボロイ商売だ」

「あら、そんなことも知ってたの」

女は驚いて、わたしを見直した。

「おれが知ってるくらいだから、こんなことは警察だって知っているぜ」

「あたしはまだきかれてないけど、知らないって頑張るからいいわ」

「二ヵ月くらい前に、芝垣のところに宝石の入った指輪や時計をごっそり持ちこんだ奴はいないかな」

「……知らないわ」

女はしばらく考えてから言った。女の左薬指に、大きなルビーが光っていた。

わたしが尾行されていることに気づいたのはこのときだった。

わたしはふたたび女の腕をとって、慶応病院の石垣のはずれの角を曲った。暗い細い道だった。

「おもしろい見世物が始るから、静かにしてくれ」

わたしは女の体を抱きかかえるようにして、道路のわきの立木の蔭に身をひそめた。

何を勘ちがいしたのか、女はわたしの胸にかじりついてきた。

誤解をとくのが面倒なので、わたしは女の細い体を抱きしめたまま、闇の中に視線をこらした。

間もなく、石垣の曲り角の街灯の下に、男の影が現れた。背の低いズングリした男である。

男は闇の奥を見透かそうとするように腰をかがめたが、すぐに姿勢を正して細い道に入ってきた。

男が眼前を通りすぎたとき、

「おい」

わたしは女の体を放して声をかけた。

男の影はギクッとしたように肩を動かして、振返った。

「だれに頼まれた」

わたしは男の胸ぐらをつかむと、背中を石垣に押しつけた。

男は怯えきった小さな眼で、わたしを見つめるばかりだった。返事をしようにも声が出ないのだ。薄い髪の毛を、ベッタリとうしろになでつけて、年は四十五、六になっているかもしれない。色が黒くて、よくみるとネズミに似ていた。

わたしはつかんでいた胸ぐらの手を放して、横っつらを張りとばした。

爽快な音がした。

はずみがついたので、もう一度殴った。

二度目のほうがいい音だった。

男は小さな唇をネズミの食事みたいに痙攣《けいれん》させて、歯をガチガチ鳴らした。

「痛かったか」

わたしは男の肩を押さえ、俯《うつむ》きがちの顔をあげさせた。

男は痛そうに殴られた頬をさすって頷いた。

「いつからおれをつけてたんだ」

「…………」

「返事は嫌いか」

「とんでもありません」

「それなら早く言え、いつからだ」

「昨日です」

男は眼を落として、低く呟くように言った。

「昨日？」

わたしは呆《あき》れた。昨日から尾行されていたことに、気がつかなかったのか。

「昨月の何時ごろからだ」

「昨日の朝からです。佐久さんがアパートを出て、四谷署へ行くところからずうっと——」

わたしは自分自身に腹が立ってきた。

「きさまは私立探偵だな」

わたしは男の靴を見た。音のしないようにゴム底の靴をはいていたのである。

「お察しのとおりです」

「なかなか腕がいいじゃないか。探偵社はどこだ」

「月星印《つきぼしじるし》でして……」

男は、よろしくというように、ペコンと頭をさげた。

洗濯石鹼の商標みたいな月星印というのは、ゼネラル秘密探偵社の社員バッジのマークである。百人以上の調査員をかかえて、日本橋に大きな事務所をもっている著名な探偵社だが、業界の評判はよくない。ゼネラルの調査員で、恐喝で警察に逮捕された者が数名を越えているし、時には事件当事者の弱味につけこんで、暴力団まがいの荒っぽい仕事をしているという噂も、わたしは耳にしたことがある。

「それでは、誰に頼まれた仕事か言ってもらおう」

「社長です」

「ふざけるな。依頼人の名前を聞いてるんだ」

「社長の命令でやってるだけで、わたしは何も知らないんです」

「殴られたいのか」

「本当なんです。わたしは命令されただけです。嘘だと思うなら、社長に聞いてください」

「首の骨が折れるといけないから、両手で首を支えろ」

「殴るんですか」

「お願いです、助けてください」ゼネラルの私立探偵は地面にペタッと正座すると、両手を合わせてわたしを拝んだ。「わたしには喘息《ぜんそく》で寝ている女房のほかに、娘ばかり三人の子供がいます。みんな、わたし一人を頼りに生きているのです。この通り、お願いですから助けてください」

「おれは気が短い」

男は涙声だった。

男の言葉に嘘はなさそうである。殴ったところで始る話ではない。

「依頼人の名は知らぬにしても、なぜおれを尾けるのか、それくらいはわかっているだろう」

「いえ、それさえ全くわからないのです」

「きさまの名前を憶えておきたいな」

「藪川《やぶかわ》と言います。藪に川です」

「今度見つけたら承知しないぜ。もういいから、さっさと消えちまいな」

「それは困ります」

「困る？　なぜだ」

「あなたの尾行に失敗したことがわかると、わたしはクビになってしまいます」

「だから、どうしろと言うんだ」

「今まで通りに、尾行を許してください」

「ばかなことを言うな。おれはもう気がついているんだぜ」

「構いません。どうせバレてると思えば、かえって仕事が楽になります」

「あきれた野郎だな」

「お願いします。わたしは尾行経過の報告さえすればいいので、決して、佐久さんの仕事の邪魔はしません」

「勝手にしろ。その代わり、あまり近づくなよ」

わたしは、どうせ藪川の尾行をまくつもりだった。

「許してくれますか」

藪川は地面に平伏すると、嬉しそうに立上った。

「ついでに、もう一つお願いがあります」藪川はまた言った。「昨日、五反田の薬局を出てからアパートに帰るまでと、今日の午後、四谷三丁目でタクシーを拾ってから事務所に戻るまでの間、どこに行ったか教えてくれませんか」

「なんだ、あとを尾けてたんじゃないのか」

「それが、ついお姿を見失いまして、報告書を書くのに困っています」

「すると、尾行はほとんど失敗してたわけじゃないか」

「恐縮です」

「気の毒だが、教える気にはならないね。勝手にでたらめを書けばいいだろう。それがきさまの商売だ」

「お願いです。邪慳《じやけん》なことを言わないでください」

藪川は悲痛な表情になった。

「それではこうしよう。おれの尾行調査をゼネラル探偵社に依頼した人物は誰か。こいつを探りだしてくれたら、今までの足取りはもちろん、今後の予定まで教えてやる」

わたしはその場に藪川を残し、傍らで眺めていたカオルの腕をとって歩きだした。

一五

「案外強いのね、見直しちゃったわ」

カオルはわたしの腕を締めつけるように両手で握って、体をもたれかけた。

見直されて、嬉しくなるような相手ではなかった。女の前で、わたしはことさらにいいところを見せたようで、気分がわるかった。

「まっすぐ歩かないと、ひっくり返るぜ」

わたしは女の体を起こし、組んでいた腕を放させた。

「冷いのね」

「おれは暑がりなんだ」

わたしは腕を放させた代わりに、女の左手をとった。さらっと乾いた温かみのある柔かい手で、感触はわるくなかった。気がかりな指輪が、わたしの指の腹に触れた。

「素晴らしい指輪をしてるな」

街灯の真下を通りかかったとき、わたしは握っていた女の手をかざして、街灯のひかりと指輪をあらためた。

大きなルビーである。親指の爪くらいの、おそらく十カラットくらいあるだろう。こんな大きな天然ルビーは、世界中をさがし回っても滅多にないはずだし、もしあったとすれば、何千万円もするにちがいない。つまり、街灯のあかりにかざすまでもなく、女の指に光っているのは、せいぜい二、三万円どまりの人造ルビーだということがわかる。しかし、天然と人造との相違は素人目にわからなかった。

「本物なのよ」

女は得意そうに言った。天然宝石と信じているのだ。

「高いだろうな」

「五百万円くらいするかもしれないって言ってたわ」

「誰に聞いたんだい」

「芝垣よ」

「芝垣にもらったのか」

「ほかにくれる人なんかいないわ。ルビーは七月の誕生石、情熱のシンボルですって。あたしにぴったりだわ」

「そうらしいな、とてもよく似合う。いつ頃もらったんだ」

「ずっと以前よ」

「ずっとって、何ヵ月前のことだ」

「そうね、半年くらい前かしら」

わたしのアテははずれた。もし二ヵ月くらい前に貰ったとすれば、瑞賞堂の贓品かもしれぬと考えたのだ。半年も前では問題にならない。

うしろを振返ると、ゼネラル探偵社の藪川が五十メートルほど遅れて、あとをつけていた。いかにものんきそうな歩き方である。いくらバレてしまったからとはいえ、これで探偵稼業が勤まれば苦労はない。

「二ヵ月くらい前に、新宿の瑞賞堂という宝石店に強盗が入った事件があるんだが、憶えてないかな」

「……知らないわ。それがどうしたの」

「芝垣が関係してたらしいんだ」

「ほんと?」

「おれはそう睨《にら》んでいる。つい一昨日のことだが、四谷で志賀伊佐子という女が殺された。この事件は知ってるだろう」

「新聞を読んだわ」

「新聞で知っただけか」

「その事件も、芝垣が関係してたの?」

「多分な」

「おどろいたわ」

女は、本当におどろいているようだった。

「玉川徳太郎という男を知らないか」

「玉川さん?」

「キザな口ひげを生やした痩せっぽちの男だ」

「どこの人かしら」

「ガラガラ声で、背の高い奴だ」

「……憶えがないわ」

女がとぼけているのでないとすれば、わたしはまたしても見当がはずれた。江美と志賀栄太郎の場合がそうだったように、カオルと芝垣との間も、玉川がとりもったと考えたのだ。

「きみは何も知らないんだな」

わたしは憮然とした。

「そうよ、あたしは何も知らないわ。芝垣がもうれつなヤキモチやきで、ほかの男の人と話すと怒るんですもの。佐竹さんや大口が事務所にきたときでも、あたしはかならず別の部屋へ追出されたし、いつかなどは、佐竹さんとキスしたところを見つかって、家に帰ってから頬っぺたが腫れあがるほど殴られたわ」

「芝垣はよくよくきみに惚れてたんだな」

「頭にきちゃってるのよ」

「芝垣の財産はどれ位あると思う?」

「よくは知らないけど、佐竹さんの言うには、一億くらいあるだろうって話だわ」

「その金はどこにあるんだ」

「それがわからなくて困ってるのよ。とても用心深くて、あたしに銀行の通帳なんか見せたこともないし、みんなどこに隠してあるのかわからないわ」

「もし、金のありかがわかったら、遺産相続はきみがするつもりか」

「それは当り前よ。わたしは芝垣のおくさんだし、芝垣には子供も親戚もないわ」

「気の毒だが、きみは芝垣の戸籍に入っていない。遺産のことは忘れたほうがいいな」

「誰がそんなことを言ったの」

女の眉がピクッと動いた。

「警察で調べたらしい」

「嘘よ。嘘にきまってるわ。あたしをからかってるのね、そうでしょ？」

女の声が、ヒステリックに上ずってきた。

「ちょうど警察の前まできたから、郷原部長にきいてみるんだね」

わたしは立ちどまり、女の肩を押しやるように叩いた。

女は錯乱したような眼でわたしを睨んだかと思うと、サヨナラも言わずに、都電通りを渡って、警察へ駆けこんでいった。

うしろの舗道を見ると、相変らずの距離を保って、立ちどまった籔川が煙草の火をつけようとしていた。

わたしも煙草の火をつけ、しばらくその場に佇んだ。そして、外苑のほうからやってきた夕クシーに、後続するタクシーのないことを確かめて手を振った。

スタートした車の中から振返ると、藪川が慌ててタクシーをさがしていた。

一六

午後十一時十分前、瑞賞堂は明りを消して、鋼鉄のシャッターが下りていた。

わたしはまだ店をあけている隣のトンカツ屋に入った。客は少かった。

御徒町でざるそばを食べたきりなので、久里十八の事務所に戻ったころから、わたしは腹の鳴る音を聞いていた。

隅のテーブルを選んで腰をおろし、注文をとりにきたウェイトレスに、ヒレカツと飯をたのんだ。そして、

「おやじさんはいるかい」

わたしは店の主人を呼んでもらった。

主人は手がすいていたとみえて、すぐに現れた。白いユニフォームに、コック帽がよく似合った。赤ら顔の、屠殺場へ送られる寸前の豚のように太った男である。そり返らなければ前に倒れそうなほど、腹がつきでていた。

「瑞賞堂の強盗事件のとき、二人組の強盗を車にのせた女を見たそうですが、その話を聞かせてくれませんか」

わたしは自分の職業を説明してから尋ねた。

「そう大ざっぱにきかれても話しにくいが、知ってることは何でも話しますよ」

店主はわたしの前に腰を落とした。上背は大口のほうが高いが、横幅は大口もかなわないだろう。二人掛けのシートが、一人坐っただけでいっぱいになった。

「運転席にいた女を憶えていたのは、特に理由があったんですか」

わたしは質問に入った。

「美人だったからです。ほっそりした色白の美人が、車の中で煙草をふかしてたんですよ。わたしはうっとりして眺めてました。それに、車はわたしの店の脇にとまってましたから、そうでなくても気になったのは当り前でしょう。わたしは仕入れの仕事で出かけて、帰ってきたところだったのです。つい店に入るのも忘れて、一分ちかくぼんやり立ってたかもしれません。すると、瑞賞堂から大きなマスクをした二人の男が、半分ほど閉まったシャッターをくぐって出てきて、女の車に乗ったんです。エンジンをかけっ放しだった車は、すぐに新宿駅のほうへ行ってしまいました。そいつらが強盗だとわかって大騒ぎになったのは、それから間もなくです」

トンカツ屋のおやじは、柄に似合わぬ細い声で、丹念な身ぶりをまじえて語った。

「その女は、素顔だったんですか」

「いえ、色の濃いサングラスをかけてました。しかし忘れませんね。昨日の朝、四谷で殺された女の写真をみたとき、すぐあの女を思いだしました。鼻筋と唇の表情に憶えがあったんです。それですぐに警察へ行き、仏さんに会わせてもらいました。間違いありませんよ。やっぱり、あのとき運転台にいた女でした」

「男のほうの人相は憶えていませんか」

「それがどうも——」

おやじはテレるような薄笑いを浮べて、太い首筋をかいた。

「わたしは女のほうに気をとられてましたし、男は二人とも大きなマスクをかけて、しかも帽子もかぶっていたと思うんです。特に気がつかなかったくらいだから、中肉中背というところでしょうが、よくは憶えていません。警察でもうるさくきかれましたが、それ以上は思いだせません」

「殺された田所さんという店員は、瑞賞堂に古くから勤めていた人ですか」

「そうですね、三、四年前からいたでしょう。明るくて真面目そうな、いい青年でした。左眼の上と、左の胸を射たれて死んだそうですが、全く可哀相なことをしました」

「おとなりの店はもう閉まったようですが、ご主人たちは奥の部屋にいるんですか」

「いえ、瑞賞堂は、この二、三日閉めっきりです。強盗事件以来、すっかりふさいでしまって、商売もうまくいかなくなったんですな、店を売りに出していると聞きました」

「それで、店の人たちは？」

「瑞賞堂さん夫婦は郷里《くに》へ行ってくると言って、子供と一緒に一昨日出かけました。明日あたり帰ってくるような話でした」

「郷里はどちらですか」

「仙台と聞いています」

「すると、女の店員も辞めてしまったんですか」

「そうでしょうね。まだ、はっきり辞めたとは聞きませんが、店を閉めてしまったのではどうにもならない。昨日の夕方うちへトンカツを食べに寄って、いい仕事はないかしらなんて話していきました」

「その店員の名前は何と言いましたか」

「後長《ごちょう》カズ子です。まだ十九か二十歳くらいでしょう」

「家は近いんですか」

「近いですよ。戸塚二丁目ですから、タクシーで行けば十分もかからないでしょう」

「道順を教えてください」

「行くんですか」

「会ってみたいんです」

「戸塚二丁目の十字路を、早稲田方面へ右に曲って、左側の煙草屋の角を入った左側、みどり荘というアパートに、姉さんと二人でいるそうです。もう遅いから、寝てるかもしれませんよ」

「とにかく行ってみましょう」

ちょうどカツが揚ってきたので、わたしは礼を言って話を切った。

一七

大急ぎでヒレカツの晩飯をすませ、表にとびだすとすぐにタクシーを拾った。

戸塚二丁目のみどり荘に着いたのは十一時半、モルタル塗りの小さなアパートだが、二階の二部屋と、一階の一部屋にだけ、まだ電灯が灯っていた。

わたしは、一階に明りの灯った部屋の前に立った。

――後長。

姓だけをしるした表札がでていた。

わたしはノックした。

「どなた?」

声があって、少しの間を置いて、ドアが細目にあけられた。

女の顔が覗いた。ポニーテイルの髪を長く垂らして、キツネみたいにとがった顔だが、色は白い。

「カズ子さんでしょうか」

「はい」

女の眼は警戒するようだった。

「夜分おそく恐縮です――」

わたしは自分を信用させることから始めねばならなかった。女は、素直に来意をのみこんでくれた。

わたしは上り框《がまち》に腰をおろした。

姉の姿は見えなかった。

室内はきちんと整理されて、いかにも若い女の世帯らしい色気が匂った。調度類は質素である。

「あの日、お店には田所さんとあたしの二人しかいなかったんです」女は、意外に大人びた口調で話した。「社長は組合の旅行で箱根へ行ってましたし、おくさんや生れたばかりの赤ちゃん、それに女中さんは奥の部屋にいたんです。お店は午後八時の閉店時間になると、表通りのシャッターを下ろします。まだお客さんがいるときは、お客さんが帰るまで半分だけ下ろすことになっています。あの日もお客さんがいたので、シャッターを半分だけ下ろしました。お客さんは二人、あたしのほうには背を向けて、田所さんと話してました。ケースから幾種類もの時計を出させて、どれを買うか迷っているように見えました。

二人組のお客さんの一人が、急にふりむいて、あたしにピストルをつきつけたのは、シャッターを下ろして間もなくです。あたしはすぐに壁のほうを向かされたので、うしろでどんなことが起ったかわかりませんでした。怖くて、足がふるえて、うしろを振返るどころではありません。別の男らしい声で、騒ぐと射つぞ、という声が聞えましたから、田所さんもピストルをつきつけられていたのだと思います。すると、突然ピストルが二発つづけざまに鳴って、椅子か何かの倒れる音がしました。わたしは余計こわくなって、ふるえているばかりでした。靴音が急ぎ足でお店を出ていきました。それでもまだ、あたしはうしろを振返れなかったのです。振返ったら、殺されると思っていたんです。そして、すっかり静かになったので強盗は帰ったと思い、おそるおそる振返ってみたら、田所さんが仰向けに倒れ、顔じゅう血だらけになって死んでいました。田所さんは、全然抵抗しないのに殺されたのです」

話しているうちに、事件当時を思いだしたのか、女の眼は怯えるようになった。

「抵抗しないのに殺されたんですか」

「そう思います。突然ピストルの音がしたと同時に、逃げていく靴音がしたのです。顔を見られたので、それで殺したのだと思います。ほんとにひどい奴らですわ」

「お店に、防犯用の非常ベルはなかったんですか」

「ありませんでした」

「殺した奴らに見憶えは?」

「全然ありません。それに、大きなマスクをかけていたので、顔がよくわからなかったのです」

「お店の主人にも、犯人の心あたりは全くないようでしたか」

「ないみたいでした。とてもいい社長さんなのに、ほんとにお気の毒ですわ。まだ犯人が捕まらないなんて、警察はなにをしてるのかと思います」

「お店をやめるそうですね」

「はい。あたしも、ほかに仕事を探すように言われました。姉が池袋のバーに勤めているので、ことによったら、同じところに行こうかと思っています。でもバーのお勤めは姉が反対なので、今はあそんでいますけど」

「お姉さんの帰りは遅いんですか」

「たいてい、夜なかの一時か二時頃です。つらい商売らしくて、それで、あたしにはやらせたくないんです」

「話が戻りますが、田所さんはどんな人だったのでしょう」

「歌がうまくて、あたしがお店に入ったときも親切にしてくれましたし、とてもいい人でしたわ。すてきなフィアンセがいて、もうじき結婚するところだったんです」

「フィアンセというのは？」

「新宿の『クク』という喫茶店に勤めている人です」

「名前を知ってますか」

「高沢隆枝《たかざわたかえ》さん。背が高くて、宝塚の男役みたいなスタイルのいい人です」

「今でも喫茶店にいるんですか」

「しばらく会いませんけど、まだいると思います」

「ククは深夜喫茶でしたね」

「ええ、午前三時までやっています」

「ありがとう」

わたしは腰を上げた。そして、もう一度タクシーを拾って、新宿に戻ることにした。

事件の実体は、おぼろげながらも、外郭を見せはじめてきたようだった。

志賀伊佐子が殺され、故買屋の芝垣が殺された。しかも、この二つの殺人事件の背後には、もう一つの強盗殺人事件が加わり、さらに一人の男が殺されていたのだ。事件のみなもとが、瑞賞堂の強殺事件にひそんでいることは間違いないだろう。

なお依然としてわからないのは、行方をくらました玉川徳太郎の役割だった。なぜ行方をくらましたのかもわからないし、彼と伊佐子との結びつきもわからない。

志賀栄太郎は、妻の伊佐子が強盗の片割れだということを知っているのだろうか。堅気の時計商人である栄太郎が、ナイトクラブにいた伊佐子のような女を妻にした事情もはっきりしないが、それよりも不可解なのは伊佐子の周辺である。栄太郎と結婚した伊佐子は、ぜいたくに身を飾り、生活には困らなかったし、小遣いにも不自由しなかったはずなのだ。それなのに、なぜ強盗事件の片棒をかつがねばならなかったのか。

もし、強盗事件が、伊佐子にとってやむをえない行為だったとすれば、彼女を意のままに操ることのできた背後の人物は誰か。

そこには、伊佐子の過去の傷口を、がっちりと握っている男がいたにちがいなかった。

一八

新宿歌舞伎町の地球会館うら、喫茶店ククは、わたしも何度か入ったことのある店だった。螺旋階段のある二階建で、ステレオのスピーカーからモダン・ジャズをガンガン鳴らしている店だ。夜半の十二時をすぎても、ファンキースタイルの親不孝づらをしたのが集っているが、チンピラぐれん隊の出入りする店ではない。わたしが入ったときも、あちこちのシートに散らばった少年少女たちは、かなり神妙な表情でジャズに耳を傾けていた。肩を揺すり、靴先で足拍子をとる——しかしそれらも、他の客の迷惑になるほど騒々しくはない。彼らは彼らなりの分別を心得て、コーヒー一杯の青春に酔っているのだろう。もっとも、深夜のこんなところにしか若いエネルギーのはけ口がないとすれば、彼らの心情がさむざむとこっちの身にまで沁みこんでくる。

「隆枝さんはみえてますか」

わたしは冷いオシボリを持ってきたウェイトレスにきいた。

「どんなご用でしょうか」

ウェイトレスは、きりっとした濃い眉をひそめて、しばらくわたしを見つめてから言った。

「あんたが高沢隆枝さん？」

「はい」

隆枝は不安そうに頷いた。色は黒く、派手に目立つ容貌ではないが、彫りの深い目鼻だちは整っている——。背が高くて宝塚の男役みたい、と評した後長カズ子の言葉は誇張ではなかった。ただし男役女優に特有の、鼻の頭がむずがゆくなるような厭らしさはない。化粧はルージュを塗っているだけだった。

「瑞賞堂で田所さんと一緒に働いていた後長カズ子さんに聞いて来ました。ぼくは田所さんを殺した犯人を探しています。協力してくれませんか」

唇を嚙みしめるように閉じて、隆枝はなかなかわたしを信用してくれなかったが、あまり音楽のひびかない隅の席へ移って頑張っているうちに、ようやく打ちとけて話すようになった。

「田所さんとは婚約されてたそうですが……」

「はい。あんなことにさえならなければ、今ごろは一緒になっていたはずです」

隆枝はテーブルの脇に立ったまま、伏眼がちに低く答えた。女の店員は十二時までの勤務だから、仕事を気にする必要はないようだったが、客と同席することは禁じられているのだ。

「田所さんが悪い仲間とつき合っているようなことはありませんでしたか」

「悪い仲間といいますと……？」

「与太者とか、あるいは、あなたがみて思わしくないと思った連中すべてをふくみます」

「いえ、そんなことはありませんでした。でも……」

隆枝はためらった。

「でも？　何か気がついてたんですね。田所さんが殺されたとき、店内に居合わせた後長さんの話ですと、田所さんは抵抗しないのに殺されています。強盗たちは、掻っ払うべきものは掻っ払ったあとで、店を出る間際に田所さんを殺したわけです。物騒な奴らだといえばそれまでだが、抵抗しないのに殺したということがぼくには引っかかります。顔を見られたからというような単純な理由で殺したとも思えません。奴らは大きなマスクをかけていたんですからね。殺さずに済むなら、できるだけ余計な殺傷事件を起こさないようにするのが普通でしょう。それは、彼らにも人並みの良心があるからではなく、万一捕まった場合を考えるからです。単なる強盗事件と、それに殺人が加わるのとでは、裁判の量刑にたいへんな違いがあります。強盗に死刑はないが、強盗殺人となると死刑にされるかもしれない。それなのに、なぜ奴らは、抵抗もしない田所さんを殺したのか。しかも、ピストルを二発もぶっ放したというのだから念がいっています。ピストルの音が近所中に聞えることが、彼らの逃走をどんな危険にさらすものか、それを考えぬはずもないのに、奴らはあえてピストルをつかった。なぜか。答えは簡単だと思います。そのような危険をおかしてもなお、奴らは田所さんを殺さねばならなかったんですよ。つまり、田所さんは奴らの共犯だった。それで奴らは、田所さんの口をふさぐために、それと、分け前を田所さんにやらないですますために殺《や》ったのです」

「……信じられません。田所さんは真面目に勤めてましたし、とても気の弱い人でした」

隆枝は蒼白になった顔を烈しく振った。

「信じられないのは無理もありません。しかし気が弱いからこそ、悪い仲間に引きずりこまれたといえないでしょうか。強盗たちは社長が旅行中だったことを知っていたし、大きな宝石店には防犯ベルを装置してあるところが多いが、瑞賞堂にはそれがないことも知っていたにちがいない。それに、午後八時の閉店時間になるとシャッターを半分下ろすことも、店には男女二人の店員しかいないことも知っていたと思われます。女店員の後長カズ子さんが全く見憶えのない二人組だというのに、奴らはなぜそれらのことを知っていたのか。ここまで話せばおわかりでしょう。店内に仲間がいて、奴らの手引きをしたのです。それが田所さんですね。田所さんは彼らの犯行をたすけ、そして殺された。狙った貴金属を奪ってしまえば、奴らにとって、田所さんは邪魔者でしかなかった」

「………」

隆枝は黙りこんでしまった。うつむいたまま、床の一点を見つめる眼がキラキラ光っている。考えているのではなく、興奮を鎮めようとしているのだ。唇をかみしめ、いっしんに何かを耐えている。

わたしは運ばれてあったトマト・ジュースを飲干し、煙草に火をつけた。モダン・ジャズが唸っている。わたしは耳を傾けた。怒りを、悲しみを、そして満たされぬ渇望のありったけを叩きつけるドラムの荒々しいソロがつづいた。彼女が口を開くまで、わたしはそうして待つつもりだった。

「わかりましたわ」隆枝は顔をあげた。「何をお話しすればいいのでしょうか」

「田所さんについて、あんたがおかしいと思ったことを全部話してください。あんたは彼を愛していた。辛い気持はわかります。ぼくは自分の考えに確信をもっているが、それが事実かどうかはわからない。ぼくは事実を知りたいだけだ。決して、死者を鞭打《むち》つつもりはない」

「おかしなことは幾つもありました」

「まず第一は？」

「生活が派手になったことです」

「いつ頃からですか」

「三ヵ月くらい前からです。急に金持ちになったみたいで、服をつくったり靴を買ったり、あたしにも銀座の一流店でドレスを誂《あつら》えてくれたりしました」

「その理由を言いましたか」

「宝石のブローカーみたいな仕事で、うまいアルバイトの口が見つかったのだと話していました。そして、近いうちに大金が入るから、そしたら手ごろな家を買って一緒になろう、などと夢みたいなことを言ってました。でも、田所さんはその夢を信じてるみたいでしたし、あたしも信じていました。それまでのあたしたちは、六畳一間のアパートで我慢しようと話し合っていたんです。二人で映画を見るときは、いつも二本立ての三流館だし、お食事も安い食堂が行きつけになっていました。それが急に変ったんですわ。映画はロードショー劇場の指定席、お食事も名のとおった一流レストラン、ナイトクラブへつれて行ってもらったこともありました」

「何というクラブへ行きましたか」

「サファイア、場所は麻布の六本木、生れて初めて、たった一度だけ行ったところだから忘れません」

「そのクラブで、田所さんの様子におかしな点はありませんでしたか」

「はい」

隆枝はうなずいたが、先走ったわたしの質問に驚いたような眼つきをした。

「何かご存じなんですか」

隆枝は問返した。

「いや、知っているわけじゃありません。気にしないで続けてください」

「あたしは初めてナイトクラブへつれて行かれたのですけど、田所さんは初めてじゃなかったんです。クラブの玄関を入ったときに、出迎えたボーイの態度でわかりました。田所さんはブランデーを、あたしはジンフィズを飲んで、時間の経つのも忘れて踊りました。おかしいと思ったのは帰るときです。田所さんは会計の人に一言か二言話しかけると、お勘定を払わないでクラブを出たのです。あたしはわけをききました。支配人が友だちだということで、田所さんは得意そうでした。でも、そんなことは今まで一度もあたしに話してくれなかったことなんです」

「支配人の名前を言いましたか」

「いえ。あたしも別にききませんでしたから」

「そのとき、おかしいとは思ったんですね」

「はい」

「田所さんは急に生活が派手になり、ナイトクラブへ行っても顔で遊べる身分になった。そして、殺されたのが約一ヵ月後です。ナイトクラブの支配人が事件にからんでいるかどうかは知らないが、とにかく、家を買うと言ったくらいだから田所さんがボロイ金儲けに手を出していたことは間違いない。むろん、儲け口は貴金属のブローカーなんてものではない。瑞賞堂の強盗計画に引きずりこまれていたんですね。あとは先程ぼくの言ったとおりだ。余計な考えを吹きこんだようだが、許してください。どう嘆いたところで死んだ者は還らない。死者には死者の落着くところがある。あんたはもう一度、新しい出発をすることが大切だ。とっておきの人生が、あんたを待ちくたびれているかもしれませんよ」

わたしは柄にもないことを言って席を立った。

第四章　花束無用

一

自分のアパートに帰ったのが午前二時、ぐっすり眠って、眼がさめると九時半だった。わたしは久里十八の事務所へ行った。

「昨日は、あれからすぐ帰されましたか」

わたしは元気を取戻した十八に言った。

「きみのお蔭で助かったよ。あれから一時間くらいしぼられたが、たいしたことはなかった」

「何をしぼられたんです」

「きみのことだ。部長はきみのことを心配していたぜ。だしぬかれるのではないかと、不安でたまらんらしい。それで、きみの調べた情報をこっそり教えろと言うんだ」

「情報の横流しですね。代わりに何をくれると言いましたか」

「表彰状だよ。久里十八探偵事務所の協力をたたえ感謝する紙きれだな。それに、僅少ながら金一封がつくと言った」

「承知したんですか」

「やめたよ。五百円くらいの金一封で、きみに怒鳴られてはワリが合わない。しかしこっちも営業上のことがあるからな、全力をあげて協力するとだけは言っておいた」

十八はぐっと顎をひいて言った。

怪しいものである。たとえ百円でも二百円でも、金一封と名がついて十八の欲しがらぬわけがない。それに表彰状は紙きれにちがいないが、文房具店で売っている紙きれではない。探偵事務所に額縁入りで飾れば、客の信用を無言のうちに獲得できる。ぬけ目のない久里十八が、その効用を考えぬはずはなかった。しかし、わたしは洩らされて困るような情報をさほど十八に与えていない。さし当っては佐竹のことだけが問題である。

「昨日の朝の電話で、野本から受取った十万円を半分わけにすると言ったけど、契約は解除したほうがよさそうですね」

わたしは笑いながら言った。

「なぜだ」

十八はとびあがった。

「郷原部長に会ってから、もう一度考えてみますよ」

「──」

十八は何も言わなかった。しまったという顔つきである。

事務所を出ると、舗道のむかい側にゼネラル秘密探偵社の藪川が立っていた。

「おはようございます」

藪川は、馴れ馴れしく近づいて頭をさげた。

「アパートからつけてきたのか」

「はあ」

「これからどこへ行くんだ」

「旦那の行くところなら、どこへでもお供させてもらいます。弁当も持ってきました」

「旦那はよせよ。旦那なんてのはドロボウが刑事に対する専門語だ。今どきの素人筋がつかう言葉じゃない」

「先生はどうですか」

「ジンマシンがおこりそうだ」

「申しわけありません」

藪川はまたペコンと頭をさげた。

「そんなことよりも、おれの尾行を依頼した客の名はわかったか」

「それがどうも……」

藪川はせまい額に手をあてた。

「わからないのか」

「はあ」

「それなら用はない。どこかへ消えちまってくれ」

「ところがそうはいかないんで――」

「そっちの事情は承知している。しかし、昨日言ったとおり、依頼人の名前をさぐりだすまでは駄目だ。まごまごしていると蹴飛ばすから、そのつもりで尾《つ》いてくるなら尾いてこい」

わたしは藪川に背を向けた。そしてすぐにタクシーを拾った。藪川は慌てたが、昨日同様にタクシーを拾えなかった。

四谷若葉町へ、わたしは志賀栄太郎の自宅を訪ねた。伊佐子が殺されてから、これで二度目である。

栄太郎は在宅していた。いい顔はされぬだろうと思ってきたが、やはりその通りだった。栄太郎の眼の色は暗い。

「おくさんを殺した犯人はまだわかりませんが——」わたしは応接間に通されてから栄太郎に言った。「その後の調査でいろいろなことがわかりました。しかしその前にお伺いしますが、二ヵ月ほど前に起った瑞賞堂という宝石店の強盗殺人事件に、おくさんが関係していたらしいということをご存じでしょうか」

「知っている。郷原部長に聞いた」

沈痛な表情である。栄太郎は頷いた。

「部長に聞いて、初めて知ったんですか」

「いまだに信じられない」

「志賀さんの再婚されたのが今年の正月、それから三月《みつき》と経つか経たぬうちに、おくさんは三人組の強盗の一人に加わったわけです。その二ヵ月後には何者かに殺されている。当然、ぼくはおくさんの死を強盗事件に結びつけて考えます。しかも、強盗の贓品を買ったと目されている芝垣という老人が、おくさんの場合と同じような殺されかたをしている。どう考えても、その辺に転がっている月並みな殺人事件じゃありませんね。芝垣が殺されたのは、つい昨日のことです。何か、お気づきのことがあったら話してくれませんか。調査の結果、おくさんが六本木のサファイアというナイトクラブにいたことがあるということまではわかっています」

「うむ――」栄太郎の唇から吐息が洩れた。「伊佐子が強盗の仲間だったことは、郷原部長に聞いて初めて知った。これだけは前もって信じて欲しい。伊佐子は可哀相な女だったのだ。おそらくはご想像のとおり、わたしが伊佐子を知ったのはサファイアへ遊びに行ったときが最初だ。商売関係の宴会の流れで、二次会三次会と飲み歩いた末に、三人ばかりの同業者と一緒につれられていったのがサファイアだった。わたしらは男ばかりだったので、ホステスが欲しかった。言うまでもあるまい。そこに伊佐子が現れたのだ。わたしは息をのんで彼女を見つめた。のろけるようで恐縮だが、亡くなった妻に似ていたのだ。目鼻だちのどこがどのように似ていると指摘することはできない。見る人によっては似ていないと言うかもしれぬ。しかし、わたしは伊佐子のすべてに故人のおもかげを見た。わたしは年甲斐もなく夢中になり、初めのころは一日置きくらいにサファイアへ通った。何度か馴染《なじみ》を重ねるうちに、伊佐子もわたしの意中がわかってきたようだった。わたしは伊佐子の不幸な生い立ちを知り、現在はめこまれている生活の悲惨を知った。戦時中に両親に死別した彼女は、浮浪児のようにして育ち、あちこちの奉公先を転々としたあげくは、与太者にだまされ、何人かの男の手にわたり、そしてまた最初の与太者につれ戻されて、深夜から未明まで働かされているという話だった」

「彼女のヒモになった与太者は、サファイアの従業員ですか」

「いや、池袋の西口あたりにゴロゴロしている奴だった。ひどいアルコール中毒で、酒なしではいられぬ男だったらしい。わたしは伊佐子に同情した。同情は愛に変りやすいものだが、わたしの場合は、同情以前に愛があった。彼女を泥沼から救いだしてやりたいと思ったのは当然だろう。わたしは与太者に交渉して、五十万円を手切金として伊佐子と別れさせた。これが伊佐子と再婚した経緯だ。幸いに、当時わたしは株でまとまった金が入ったところだったのだ。五十万の現金を受取った与太者は、間もなく関西方面へ渡ったと聞いた。その後の噂は聞いていない」

「その与太者の名前を憶えてますか」

「たしか、次田《つぎた》と言ったと思う」

「強盗の仲間に心当りはありませんか」

「ない。伊佐子がクラブに勤めていた頃に知った奴らだとは思うが、それ以上のことはわからない。何か弱味をつかまれていて、それでやむをえず仲間にされたと考えるほかはない。伊佐子には、わたしの知らぬ暗い過去が残っていたのかもしれぬ」

「サファイアの経営者で、佐竹という男を知りませんか」

「――――」否定だった。

「大口という太った男は？」

「聞いたことのない名前だ」

栄太郎はやはり否定の首を振った。

二

「話は変りますが」わたしは栄太郎への質問をつづけた。「ご存じのように、野本安彦という男がおくさんを殺した容疑者として四谷署に逮捕されています。わたしがこうして歩きまわっているのは彼の依頼があったからですが、志賀さんは、おくさんと野本との関係を気づいていなかったんですか。野本自身はおくさんとの仲を認めています」

「知らなかった。故人を責めるのは辛いが、わたしはすっかり騙《だま》されていたのだ。今になって、自分の愚かしさを悔んでいる。年甲斐もなく女にのぼせた罰だろう」

「野本以外にも男関係があったとは思いませんか」

「いや」栄太郎は苦しそうに首を振った。「野本とかいう男のことさえ知らなかったくらいだ。ほかにもいたかもしれんが、わたしは気づかなかったし、またそうは考えたくない」

「山名江美さんにはその後お会いになりましたか」

「あれっきりだ。とてもあの女に会っている余裕はない」

「玉川には？」

「彼とはしばらく会っていない」

「実は、江美さんも玉川も行方がわからなくなってしまったのです。心当りはないでしょうか。江美さんは一昨日からアパートに帰っていません」

「わたしにそういう質問は無理だ。玉川のことはほとんど知らぬといってもいいくらいだし、江美のこともそう深く知っているわけではない。もう少し落着いたら、わたしも江美には会う用がある。しかし、今はそれどころではない」

「それではもう一度話を変えます。芝垣という男を知っているでしょうか。新聞でご存じと思いますが、昨日、殺されました」

「そいつも伊佐子のことに関係があるというのか」

「わかりません」

「わからぬことを何故《なぜ》きくのだ」

「わからないから調べているのです」

「しかし、調べるからには何か理由があるのだろう」

「芝垣も、瑞賞堂の強盗事件につながっていると思われるのです。そのとき盗まれたヒスイの指輪が、芝垣から流れていました」

「……知らぬ。芝垣などという名前は聞いたこともない」

栄太郎は深い吐息をついた。

わたしは辞去することにした。そして次の行先は、四谷署にきまっていた。もし、久里十八が佐竹のことを郷原部長にしゃべってしまったとすれば、部長は昨夜のうちに佐竹を逮捕しにでかけたにちがいないから、わたしはその結果を知りたかった。と同時に、わたしの仕事としては、佐竹の逮捕と交替で、野本の釈放を要求しなければならなかった。

伊佐子の死体現場、またはその附近に佐竹がいたということと、強盗に殺された瑞賞堂の店員田所がサファイアに出入りしていたことの二点から推して、伊佐子をまじえた三人組強盗の一人が佐竹であることは、ほぼ確実とみていいだろう。したがって、佐竹の逮捕は当然の時期かもしれない。しかし、佐竹が強盗の一人だからといって、彼が伊佐子を殺した証拠はないし、田所を射殺した犯人と断定する証拠もない。さらには芝垣を殺した犯人ときめつける証拠もないのだ。現在の状況では、佐竹は野本が伊佐子を訪ねたことを知って脅迫したというだけのことである。どっちが主犯だったかは知らないが、とにかくもう一人の強盗共犯を捕えぬかぎりは、事件はいっこうに片づくとは思えない。迂闊《うかつ》に佐竹を逮捕し、その結果、佐竹にとぼけられてしまえば、いたずらにもう一人の仲間を警戒させてしまうだけだ。

「昨日はどうも――」

わたしは捜査係室へ入って、郷原部長の前に腰をおろした。

部長は大きな眼玉を剝《む》いて、ジロッとわたしを見たが、何も言わなかった。あとは知らぬふりである。部長の不機嫌はそれだけで充分にわかった。つまり、昨日から何一ついいことがないということだろう。

「大口に会ってみましたか」

わたしは側面からさぐりをいれた。

部長は依然としてそっぽを向いたまま返事をしなかった。

「会えなかったんですか」

「――」

「玉川の行方はつかめましたか」

「――」

「やはり駄目だったんですね」

「何をしにきた」

部長はようやく顔をあげて言った。胸がムカムカしている顔である。

「昨日、久里さんを釈放してもらったお礼にきました」

「それだけか」

「耳よりな話でも聞けたらと思いました」

「耳よりな話はこっちで聞きたいところだ。きみはいったい何を大事そうに隠しているのだ。何か隠していることはわかってるんだぜ。久里十八に聞いたが、きみに叱られるからと言ってどうしても言わない」

「そうでしょうか。久里さんは正直な人ですからね、何もかも申しあげたはずです」

「山名江美という女はなんだ」

「久里さんがしゃべったんですか」

「しゃべったことはきみに内緒にしてくれと言ってしゃべった。あくまでも内緒のこととして、わたしに答えればいい。答えたあとで、きかれたことも答えたことも忘れちまうのだ。久里十八氏を責めてはいけない」

「難しいですね」

「簡単だよ」

「久里さんがしゃべったのはそれだけですか」

「ほかにも何かあるのか」

「いえ」

「何かありそうな口ぶりだぞ」

「ありません」

「それにしては思わせぶりじゃないか」

「ぼくは思わせぶりの研究をしたことがあります」

「とにかく、江美という女のことを聞こう。話してくれ」

「久里さんの話とダブりますよ」

「うまくダブったら握手をしよう」

「山名江美は志賀栄太郎のメカケだったんです。以前に話したとおり、わたしは玉川の依頼で志賀氏を尾行していました。そして、江美という女がいることを知ったのです。江美を志賀氏に紹介したのは玉川でした」

「それから？」

「何か不足していますか」

「とぼけてはいけない。神宮外苑の一件があるはずだ」

「それも久里十八がしゃべったんですか」

「久里氏が正直な人物だと言ったのはきみだ」

「そうでしたね。ぼくは江美に誘われて外苑へ行きベンチに腰かけました。そして突然、誰かに頭を殴られて気絶しました。気がついたときは誰もいません。江美も消えていました」

「江美の住所はどこだ」

「幡ケ谷です」わたしはアパートを教えた。「しかし、幡ケ谷へ行っても江美はいませんよ。もう二日も帰っていない」

「どこにいるんだ」

「見つかりません」

「玉川徳太郎が行方不明で、江美という女も姿をくらましたのか。昨夜銀座のサファイアへ行ったが、大口というやつもいなかった」

部長は苦りきっていた。

このとき、部長の机の上の電話が鳴った。受話器を耳にあてた部長の顔が、みるみるうちに紅潮した。

三

部長は受話器を置くと、近くにいた刑事に——車の用意をしてくれと言った。

「何があったんですか」

わたしはきいた。

「すまんが、急に忙しくなった。これで失礼する」

部長はわたしを突放すように言った。その険しい顔つきを見て、重ねて質問しても無駄だということがわかった。

わたしは素直に捜査係室をでた。そして署の玄関前で通りかかったタクシーをとめた。

「間もなく、裏口から警察の車がでてくるから、後をつけてくれ」

わたしは客席におさまってタクシーを待機させた。

部長を乗せた車はすぐに現れた。黒塗りのプリモスで、部長のほかに捜査係長のふとった警部と、若い刑事が二人同乗していた。

プリモスはサイレンを鳴らしながら、すごいスピードで青山一丁目から渋谷道玄坂をのぼり、玉川線の線路沿いにつっ走った。わたしの乗ったタクシーの運転手は要領を心得ていた。プリモスの背後に貼りつくようについてスピードをあげた。部長は追尾するタクシーに気づいて振返ったが、別に文句も言わずに随行を黙認した。車をとめる時間が惜しかったのか、文句を言ったところで引きさがる相手ではないと知って諦《あきら》めたのだろう。

三軒茶屋、上馬を経て駒沢で左折、さらにしばらく飛ばして、ようやく停車したのは玉川警察署の前だった。

部長たちは玉川署の中へ消えた。わたしも素早くタクシーを下りて後につづいた。

しかし、部長が係の者に指図したとみえて、わたしは捜査係室へ行く途中の廊下でストップをかけられてしまった。どうしても通してくれない。

そのとき、廊下の奥から元気のいい声をかけて近づいてきた者があった。顔見知りの新聞記者だった。

「だいぶ遠出ですね」

記者が言った。

「ちょっと話がある」

わたしは記者の腕をとって、署の玄関先まで引返した。

「今、ぼくより一足さきに駆けこんだ連中を知ってるか」

わたしは言った。

「四谷署の捜査係長と郷原部長、それに若い刑事《デカ》が二人ばかりいたな」

「何をしにきたか知ってるか」

「いや、それを考えてたところだ」

「教えてやろう。だがその前に、きみがここにきている理由を聞かせてくれ。なにかあったらしいじゃないか」

「殺しだよ」

「犯人《ホシ》は挙がったのか」

「まだらしい」

「被害者の身元は？」

「四十くらいの男だ。名前は玉川徳太郎、多摩川べりの草むらにころがっていた」

「ほんとうか」

わたしは口中にたまった唾を飲みこんだ。

「知ってるのかい」

記者が問返した。新聞記者の、職業意識にもえた眼つきだった。

「痩せっぽちの、細い口ひげを生やした色黒の男か」

わたしは記者の質問を無視してさらに尋ねた。

「そのとおりだ」

「被害者の名前はどうしてわかったんだ」

「死体の発見されたのは朝の六時ごろだが、裸で殺されていたので、身元の手がかりはなかった。ところが、指紋を調べた結果、簡単に名前が割れてきた。殺された男は前科が三犯あった」

「いつごろ殺されたかわかってるのか」

「監察医の話では、一昨日の晩あたりだろうということだ。首を絞められているが、犯行に用いた紐は見つかっていない」

「一昨日の晩か――」

わたしは、一昨夜のことを思いだそうとした。一昨日――わたしは江美と一緒に神宮外苑のベンチに腰かけていたところを、何者かに殴られて気絶した。そして意識を回復したのが午後九時ごろだった。それから銀座のサファイアへ行き、大口に殴られた野本に会い、さらに六本木のサファイアへ行って佐竹と大口に会った。そのときはすでに夜半すぎである。

「殺《や》られた時間ははっきりしないのか」

「解剖しなければわからないだろう。解剖したところで、どこまで時間を刻めるか、どっちにしても断定は無理だ」

「犯人のアタリは？」

「五里霧中らしい」

「死体発見の状況を聞かせてくれ」

「発見者は現場近くの野毛《のげ》町に住む若い二人づれだ」

「朝っぱらからランデブーか」

「世の中は広いからな。ランデブーは夜にかぎらない。朝の気分もわるくないぜ」

「きみの経験は暇なときに聞かせてもらうよ」

「川っぷちの現場附近は、雑草がのびていて、滅多に人の行くところではない。つまり、人目をしのぶ恋愛中の男女でもなければ、おそらく誰も踏みこまないような所だ。せっかく雑草を踏みわけて、いざインギンを通じようとした足もとに裸の死体が仰向けにひっくり返っていたわけだな。びっくりして腰をぬかしたのは二人づれの男のほうで、警察へは女が知らせてきた」

「それで、死体はどこにあるんだ」

「ついさっき、解剖のために病院へ運んだばかりだ。おれに話せることは以上で全部だ。今度はあんたの話す番だぜ。四谷署の連中がとんできたわけを聞かせてくれ。玉川徳太郎というやつの殺された事件に関係があるのか」

「多分な」

「多分どうなんだ」

新聞記者の質問は性急だった。

「丸の内の東洋ビルに時計店をだしている志賀という男の女房が、四谷若葉町の自宅で殺された事件を憶えているかい」

「つい最近の事件じゃないか」

「そう、まだ殺されてから三日しか経っていない。つづいて昨日、御徒町のアメ横で芝垣という男が殺されている。そして今日発見されたのが玉川徳太郎の死体だ」

「三つの殺しが関連してるのか」

「多分な」

「また多分か」

「郷原部長の動きを追いかけていたら、そういう結論になった。つっこんでいけば、特ダネになるかもしれない」

「今の話は、ほかの社の者に話してないだろうな」

「きみだけだ」

「感謝するよ。もう少し詳しいことを話してくれ。あんたが郷原部長を追っているのはなぜだ」

「若葉町の志賀夫人殺しで、野本という男が捕まった。おれはそいつに調査を依頼された」

「その結果は？」

「こうして歩き回っている最中さ」

「見通しが立たないのか」

「野本が無実だということはわかっている。しかしそれだけだ。まるっきりわからない」

わたしは適当に答えて、記者の質問を逃れた。

四

玉川署から最寄りの等々力駅までは六、七分歩かねばならない。自由が丘で東横線にのりかえ、終点の渋谷で下車してから六本木までタクシーをひろった。

クラブ・サファイアの、アーチ型の門を入ると、アンダーシャツ一枚になったボーイがズボンを膝の上までまくりあげて、玄関前の敷石をゴムホースで洗っていた。

「ご苦労さん」

わたしはボーイに声をかけた。

「おはようございます」

ボーイは挨拶を返した。

うまくいったようである。ボーイはわたしの入来に不審をもたなかった。

もったいぶった唐風の装飾に彩られた玄関を入る。クロークには誰もいない。赤いジュウタンを敷きつめた暗い廊下をわたる。

ホールは雨天体操場みたいにガランとして、やはり人影はない。カバーをはずしたテーブルに、椅子は逆立ちの脚を持上げたままだ。午後三時——いかに開店前とはいえ、こうも薄よごれた風景を見せつけられては興ざめもはなはだしい。

わたしは注意深く足音を忍ばせてホールを横切り、バーの脇の黒いビロードのカーテンを分けた。リノリュームを敷いた廊下の、いちばん奥が佐竹の部屋だ。不気味なくらいに静まり返って、物音ひとつ聞えない。わたしはさらに足音をしのばせ、佐竹の部屋へ近づこうとした。そのとき、かすかに女の声が聞えた。歌を歌っているのだ。歌声は高くなったり低くなったりした。聞き憶えのある声だった。江美の声である。

……

気まぐれ夜風に
誠なんかあるものか
捨てちゃえ捨てちゃえ
どうせ拾った恋だもの

ひでえ話である。

——ちくしょう！

わたしは胸の中で唸った。江美が神宮外苑から消えたことについて、彼女が佐竹や大口のまわし者だったか、さもなければ、無理につれ去られたにちがいないとわたしは考えていた。

そして誘拐されたとすれば、薄暗い場所に監禁されて痛い目にあっていると想像した。監禁の場所は、大口の口から洩れた一言でサファイアの内部とわかっている。それで危険を冒《おか》してまでここにやってきたのだ。ところが、なんのことはない、江美のやつは二、三年前にはやった流行歌を、いとものんきそうに歌っている。江美は佐竹の女だと言った大口の言葉を、信じようとしなかったおれが間ぬけだったのか。

いずれにしても、わたしは江美に会って言いたいことがあったし、聞きたいこともあった。江美の歌声は、どうやら頭上から流れてくるようだった。

わたしは階段をさがして二階へ上った。細い廊下が左右に分れ、洋風の小部屋が幾つか並んでいた。流れる声をたよりに、わたしはさらに三階へ上った。物置きのような外観の部屋が二つ向いあっていた。声の出所はすぐにわかった。わたしは右手の部屋のノブをまわした。

女の歌が消えた。

ドアには錠がかかっていた。

五

「あけてくれ」

わたしは低い声で言った。

「だれ？」

女の声が答えた。江美にちがいなかった。

「おれだよ」

「聞いたことのある声ね」

「外苑のラブシーンを忘れたのか」

「あら、探偵さんかしら」

「そうだ」

「うれしいわ」

「早くあけてくれ」

「だめよ。鍵は外からかかってるわ」

意外な返事だった。とすると、江美はやはり監禁されていたのだ。

わたしは常備薬みたいに持ち歩いている針金を出して、鍵穴につっこんだ。針金は、夜間に表札をみるためのペンシル型懐中電灯や、背後を見るときにつかう手鏡などと一緒に、いつも携帯している七ツ道具の一つだ。

ドアの錠をあけるには一分とかからなかった。

部屋に入ると、江美が首ったまに跳びついてきた。

わたしは江美の体を離し、ドアを閉めた。

「どうしたんだ」

「さらわれたのよ」

「誰に？」

「大口よ」

「外苑でぼくの頭を殴ったやつも大口か」

「そうだわ」

「なぜ監禁されたのかわかってるのか」

「知らないわ。無理やりに大口につれてこられて、ここに閉じこめられたっきりよ。殺すと言って脅かすんですもの。言うことをきくほかなかったわ」

「佐竹は姿を見せたか」

「毎日くるわ。大口は佐竹の命令でやっているのよ」

「佐竹と大口と、ほかに仲間は誰だ」

「あたしの知ってるのは、その二人だけだわ」

「佐竹の兄貴分みたいなのはいないのか」

「知らないわ」

「きみが監禁された理由は二つあると思う。第一は、外苑でぼくを殴ったやつの正体をきみが知っていること、第二は、佐竹がしゃべられると困ることを、きみが知っていることだ。さしあたって、それは伊佐子のこと以外に考えられないが、きみは銀座のサファイアにいて、時折り客をつれて六本木の店へも行っていた。伊佐子もかつては六本木の店ではたらいていたし、当然、きみは伊佐子を知っていたはずだ。とすれば、こいつは玉川のしゃれっ気かどうか知らないが、玉川は伊佐子と知りあいのきみを、伊佐子の亭主にとりもったことになる。きみはその辺の事情を知っていたのか」

「あんた、いろんなことを調べたのね」

「話を横道にそらそうとしても駄目だぜ」

「あたし、伊佐子さんが殺された新聞をみてびっくりしたのよ。だって、それまでは志賀さんのおくさんが伊佐子さんだったなんて、ちっとも知らなかったんですもの」

「嘘じゃないだろうな」

「ほんとよ。あたしはあんたを愛してるんですもの、嘘は言わないわ。さっきだって、あんたのことを思って歌をうたってたのよ」

「どうせ拾った恋か」

「聞いてたの？」

「聞えたから三階まで上ってきたのさ」

「キスしてくれる？」

「お預けにしたいね。またうしろから殴られたら、今度こそ気絶ぐらいじゃすまないだろう。ここにいて、きみは三度のめしを満足に食ってるのか」

「大口が運んでくるわ」

「大口はめしを運ぶだけか」

「あたしがご飯を食べ終るまで、そばについていてネチネチと口説くわ。惚れてるのね。一度などは力ずくで言うことをきかせようとしたけど、佐竹に言いつけると言ったら、すぐに引っこんでしまった。大口は佐竹がこわいのよ。あたしは佐竹が不能だってことを知ってるから、ちっともこわくないわ」

「ふうん」

わたしは妙にシュンとした気持になった。佐竹に同情するつもりはないが、彼のような男の、そのような不幸は、人一倍痛ましいものに思われた。

「会いたかったわ」

江美が鼻声をだして、体をすりよせてきた。

相手が江美にかぎらず、わたしは女の鼻声というやつに抵抗力がなかった。つい、ふらふらと彼女の肩を抱いた。

「いちゃいちゃするな」

突然、わたしは腰のあたりを蹴飛ばされてよろめいた。

いつの間に現れたのか、大口が馬みたいに大きな鼻翼をふくらまして立っていた。

「どこからもぐりこんできた」

大口はわたしの胸ぐらをつかんで言った。

「入口のボーイに挨拶してきたぜ」

「この部屋には鍵がかかっていたはずだ」

「そうかな。ノブをまわしたら簡単にあいたね。鍵をかけ忘れたんじゃないのか」

「何をしにきやがった」

「女に会いたかったんだ」

「ふざけるな」

大口はいうなりグローブみたいな手でわたしの顔を殴った。

「痛いか」

「痛いさ」

「痛ければもう一度殴ってやる。今度のは痛みどめだ」

大口はまた殴った。

わたしは顎がはずれたかと思った。

「やめて——」

江美が大口にとびかかった。

「うるせえ」

大口は江美をつきとばした。

その隙に、わたしはありったけの力で、大口の股間を蹴りあげた。

大口は豚のテンカンみたいにうなったかと思うと、その場にひっくり返った。

「うーん」

「今のうちに逃げるんだ」

わたしは江美の手をとって、ドアの外へとびだした。

しかし、逃げられると思ったのは束《つか》の間だった。廊下にでたとたんに、わたしと江美は手をとりあったまま動けなくなった。

「駆落ちか」

行く手をさえぎって薄笑いを浮べた佐竹の右手には、小型拳銃の黒い銃身が鈍く光っていた。

六

「大口はどうした」

佐竹は銃口をむけて言った。

「眠くなったらしい」

「きさまが寝かせたのか」

「悪かったかな」

「礼を言うから部屋へ戻れ」

佐竹は近づいてきた。

従うほかはなかった。室内にもどると、江美とならんで壁際に立たされた。

「起きろ」

佐竹は大口の背中を蹴った。

大口はすぐに眼をさました。びっくりしたような眼で佐竹を見あげたが、わたしを見るとビクッと体をふるわせて起上った。

「可愛がってやれ」

佐竹が命令した。

大口は拳をかためた指の骨をポキポキならしながら、わたしに迫った。

左顎に、もうれつなパンチがとんできた。体をかわすひまはなかった。頭がくらくらしたが、辛うじて倒れなかった。

「やめろ」

大口が二度目のパンチを構えたとき、佐竹がどなった。

「野郎を可愛がってどうするつもりだ」

「――――」

大口は佐竹の言葉を解しかねていた。

「女をやれ」

「女?」

「江美を可愛がってやれ」

「しかし……」

「何をまごついてるんだ」

「いいんですか」

「おれの命令だ」

「でも……」

「早くしろ」

「どんなふうにやりますか」

「いつものとおりだ。間のぬけた私立探偵に見物させてやれ」

「承知しました」

大口はくびれた顎をすくうようにしてヒョコンと頭をさげた。そして、最前から口もきけぬほど怯えきっている江美を引寄せると、ワンピースの襟口に両手をかけてビリッと引裂いた。

江美が体をのけぞらして悲鳴をあげた。

満足そうな微笑が、佐竹の薄い唇を歪めた。

大口の手はさらに容赦なく、スリップを裂き、ブラジャーを剝ぎとった。

白い女の上半身がもだえた。

わたしはそれ以上見てはいられなかった。勝算のないこともわかっていたが、やはり黙ってはいられなかった。危険を考えるよりも早く体のほうが動いていた。

わたしは大口のぶよぶよした腹をめがけて、頭をつっこんでいった。そして、よろめいた大口の顎を下からすくいあげた。一発、二発、パンチは小気味よく的中した。

何か硬い鉄のようなもので、うしろから頭を殴られたときも、わたしの気分はきわめて爽快なままだった。

わたしはまたしても気を失った。三度目の気絶だった。

七

気がついたとき、わたしは木製の堅い椅子に腰かけた姿勢で、両手両足を椅子に縛りつけられていた。口には猿ぐつわをかまされている。

部屋は江美の監禁されていた三階ではない。かすかに音楽が聞えるのは、夜がふけてホールが賑わっているのだろう。部屋の中央に丸テーブルが一つと、そのまわりには数脚の椅子、隅の壁際にはスチール・キャビネットが置いてある。殺風景な部屋だが、外国煙草の匂いが残っている。バクチをするのによさそうな部屋だ。

しばらくすると大口がチューインガムを、くちゃくちゃ噛みながらドアを押して現れた。

「どうだ、気分は？」

大口は空いていた椅子をわたしの前に引きずってくると、わたしの猿ぐつわをはずしてから、椅子の背を前にして馬のりに腰を落とした。

「何時だ」

わたしは時刻をきいた。自分の腕時計はうしろ手に縛られているので見ることができない。

「もうとっくに夜半の十二時すぎさ。腹がへったのか」

「江美はどうした」

「眼がさめたとたんに女のことか。鼻の下のなげえ野郎だ。おまえと同じようにふん縛って三階に転がしてあるから安心しな。おまえの代わりに、たっぷり可愛がってやった」

「おれをこれからどうするつもりなんだ」

「そんなこと知るものか。佐竹《ボス》にきけ」

「佐竹はどうしている？」

「ホールにきれいな女のコをあつめてニコニコしてるよ」

「ひっぱってきてくれ」

「用があるのか」

「文句がある」

「泣きべそをかいたって無駄だぜ。ボスは女の涙をミソ汁のダシにしているくらいだ。野郎の涙なんか通用する男じゃない」

「グズグズ言ってないで、早く呼んできてくれ。おれは涙とヨダレは流したことがないんだ」

「これでもか」

大口はとがった革靴の先で、わたしの向う脛《ずね》を蹴った。

「うっ」

わたしは思わず呻《うめ》いた。

「おれは強情っぱりが好きだよ」

大口は笑って立上ると、ドアに錠をかけて出ていった。

「戻ってくるとき、トマト・ジュースを忘れないで持ってきてくれ」

わたしはドアの外へ消えかかった大口に注文した。

しかし大口は行ってしまったきり、なかなか戻ってこなかった。大口が戻ってこないということは、彼も佐竹のテーブルに割込んで酒をのんでいるということだろう。

わたしはこの機会にロープをほどこうと努力した。どんなばか力で結んだものか、わたしを縛った麻のロープは呆れるほど頑丈だった。へとへとに疲れただけで、ついに諦めるほかはなかった。

疲れたばかりでなく、体中の筋肉が疼《うず》くように痛んだが、頭だけはシンと冴《さ》え返っていた。

伊佐子はなぜ殺されたのか——妙なことだが、わたしは自分のことや江美の置かれている状態を心配するよりも、事件のことに関心をとらわれていた。なぜ伊佐子は殺され、芝垣が殺され、玉川までも殺されたのか。そして、この三つの殺人事件と、二ヵ月前に起きた瑞賞堂の強盗殺人事件とがどのようにからみあっているのか。

わたしは、けんめいに推理の糸をたぐろうとした。

しかし、わたしはなぜ三度も気絶させられるような危険にあいながら、性懲《しようこ》りもなく事件を追いまわしているのか。突然、前後の脈絡もなく別の疑問がわいた。わたしが事件に首をつっこむようになったのは、玉川の調査依頼を久里十八から引継いだからだ。だが、その仕事は玉川の申し出によって中絶された。以後は野本の依頼以外にない。野本から十万円を受取ったのは、彼を釈放させるためであって、伊佐子殺しの犯人を捕まえることは含まれていない。それなら、佐竹を警察に逮捕させせれば済むではないか。野本はすぐにも釈放され、それでわたしの引受けた仕事は終る。

あとのことは伊佐子殺しの犯人が誰であろうと、芝垣や玉川を殺した奴がどいつであろうと、それは警察のなすべき仕事であって、わたしの知ったことではないはずだ。余分に働きまわったところで、わたしの報酬がふえるわけでもない。

江美を助けることだって、煎《せん》じつめれば、わたしにはどうでもいいことだ。

それなのに、なぜわたしはさんざんの目にあいながら手をひこうとしないのか。わたしが私立探偵になったのは金のためだ。決して社会主義のためでもなければ、弱者の味方になろうなど考えたわけでもない。わたしが根っから弥次馬で、火事はすっかり消えるまで見届けねば気がすまぬという性分《しょうぶん》のせいだろうか。

この考えは、わたしの気にいらなかった。

八

大口はとうとう戻ってこなかったが、二、三時間経ったと思う頃、相変らず瀟洒《しょうしゃ》な身なりの佐竹が、蝶ネクタイの首もとを気にしながら現れた。

「だいぶ長いこと眠ったらしいな」

佐竹はわたしの前の、先ほど大口が腰かけていた椅子に腰を下ろした。酔っているようである。残忍そうな眼が、水に浮いた油のように光っていた。

「文句があるそうだが、聞いてやるから言ってみろ」

佐竹はライターを鳴らして、煙草に火をつけた。

「まず第一に、ロープをとけ」

「第二はなんだ」

「トマト・ジュースを持ってこい」

「それからどうした」

「おれと一緒に警察へ行くんだ」

「ふん」佐竹は肩をゆすり、煙草の煙を吹きつけた。「あいにくだが、おれは警察と税務署が大嫌いだ」

「芝垣のじいさんを脅してたらしいが、ネタはなんだ」

「そんなことを誰に聞いた」

「カオルという変テコな娘だ。あの女は、ほんとに芝垣の女房なのか」

「そうさ。嫉妬《やきもち》やきのじいさんは、あの女から眼をはなせないでいた。カオルは誰とでも寝たがる女だし、じいさんとの年の差を考えてやれば、おれがカオルの浮気相手をしてやるのは慈善事業みたいなものだった。じいさんは六十二でカオルは十九、つまり四十三も年がちがう。どうだ、羨《うらや》ましいだろう。今からでも仲間になる気なら、そんな女もつくってやっていいぜ」

「無理な相談はよせ。おれより四十三も年下なんて女を、どこをさがして引っぱってくるつもりだ。つまらねえ冗談はやめて、じいさんを脅したネタを教えないか。気がすすまないなら、もう一つの質問を先にしよう。きさまが野本を脅迫したことは、きさまが伊佐子の殺された志賀家の内部か、少くともその近くにいたことを証明する。しかし、殺しの犯人がたかのしれた恐喝でパクられる危険をおかすはずがないから、伊佐子殺しに関する限り、きさまは犯人ではない。とすれば、きさまが死体現場へ行って野本を見たのは偶然なのか。おれはそうではあるまいと考えている。きさまも誰かに呼出されたのだ」

「感心なことを考えやがったな。おまえの言うとおりさ。あの日の朝っぱら、といっても九時ごろだったが、伊佐子から電話がかかってきた。話があるから正午にきてくれという電話だった。亭主の栄太郎には内緒だが、おれと伊佐子はとうにできている仲だ。それで時間をはかって若葉町の家へいった。そのときすでに伊佐子は死んでいたんだ。そこへのそのそ現れたのが野本さ。おれは金になると思って脅した。警察はおれのことを知ってるのか」

「いや。野本が当然しゃべっちまうところを、おれが口止めしておいた」

「なぜだ。パクられないように注意はしているが、それにしても、刑事《デカ》が一人もやってこないので不思議に思ってたところだ」

「きさまが伊佐子殺しの犯人を知ってると思ったからさ。もしそれを教えるなら、今後もきさまのことは黙っていてやる」

「うめえ話をもちかけてきたな。大はずれで気の毒だが、そんなことはおれの知ったことじゃねえ」

「芝垣や玉川の場合はどうなんだ」

「なおさら知ったことじゃねえな」

「しかし、警察は瑞賞堂の強殺事件のことを嗅ぎつけたらしいぜ」

「ほんとか」

佐竹はとびあがった。

わたしは失敗《しま》ったと思ったが、取消しはきかなかった。

佐竹はあとの言葉をきこうともせず、わたしに猿ぐつわをかませると、顔色を変えてどこかへ行ってしまった。

九

佐竹の去ったあと、わたしはもう一度縄目《なわめ》を解こうとして力をつくしたが、破れた手足の皮膚から血を流しただけで、やはり徒労に終った。そしていつか、わたしは深い眠りに落ちていった。

眼がさめたとき、だいぶ眠ったような気がしたが、夜があけたらしいというだけで、時刻は相変らずわからなかった。すすけた天井に吊るされた螢光灯のひかりが、部屋全体を白っぽく照らしているばかりである。

烈しい疲労と空腹のために、わたしは考える力さえ失いかけて、壁にかかっている写真を眺めていた。こうなったら、善後策はでたとこ勝負でぶつかるほかはない。わたしは不精者の通例に洩れず、諦めることにもいさぎよかった。

安物の額縁にかざられた四ツ切り大の写真は、パーティの記念写真らしく、盛装をこらした三、四十人の男女が、正面をきって整列していた。

四列にかたまった男女たちの最前列左隅に、大口の姿があった。魚屋の店頭に吊るされたアンコウみたいな体に、黒のダブルを着てふんぞり返っている。つづいて、最前列の中央に佐竹の姿が見えた。

写真を見るわたしの眼が真剣になった。どうやら、サファイアの従業員勢揃いの写真のようだった。第二列の端のほうに、胸をひろくあけたカクテル・ドレス姿の、江美の笑っている顔も見えた。しかし、わたしの期待した伊佐子は見えなかった。

写真を見終ると、ほかに見るべきものはなかった。わたしは退屈した。そして、退屈をさまたげぬ程度の不安を感じていた。

わたしは事態を甘くみすぎていたようだった。

しばらくして、靴音が近づいた。鍵をまわす音、ドアが開いて大口が現れた。ぬけあがった額に汗が光っていた。

「腹がへったろう」

大口は猿ぐつわを解きながら言った。そしてズボンのポケットからトマト・ジュースの罐詰をだして、飲み口をあけてくれた。

「飲め」

大口は飲み口の穴をわたしの唇にあてた。

わたしは無言で飲みほした。うまかった。

「親切だな」

「おれの親切は赤十字精神さ」

「もっと早く持ってきてくれたら、もっと親切だったぜ」

「礼も言わねえうちに文句を言うな。おまえ、ボスに何を言ったんだ」

「別に――」

「何か言ったにちがいないぜ。おれは女をつれて横浜のほうへしけこんでたんだ。ところが、ボスは青くなっておれをさがしてたらしい」

「会えたのか」

「ついさっき会ったばかりだ」

「今は何時だ」

「もうじき午後の一時になる」

「それで、佐竹はなぜきさまをさがしてたか分ったのか」

「用があったのさ」

「用とは？」

「これからそれを実演するから、しまいまで見ていられたら、見ていてもかまわない」

大口は、今度は上着のポケットから二メートルほどの麻紐をとりだした。

「縄跳《なわと》びをするのか」

わたしは平静を装って言ったが、内心はそれどころではなかった。

「察しがいいな。顔色が変ったぜ」

大口はニヤニヤして言った。

「どんな色になった？」

「まっ赤さ」

「そうか。青じゃなくて安心した」

「そのうち青くなるね。拳銃《ハジキ》は音がするし、ナイフだと血がでて厄介だから、こいつで絞めてこいという命令だ。ボスは頭がいいからな」

「殺すのか」

「命令だから仕様がない。おまえを絞めたら、つぎは三階へ行って江美をかたづける。楽しんでやるわけじゃないんだぜ。わるく思わないでくれ」

「きさまは、前にも人を殺したことがあるのか」

「いや、これが初めてだ。何事も経験が大切だということは、死んだおやじの口ぐせだった」

「人を殺して、捕まったときのことを考えないか」

「考える必要がないんだ。おまえと江美の死体は、今夜中に車にのせて、山梨県の山奥の森の中へ捨てちまう。決して見つかることはないような所だし、万一見つかっても、二人は心中ということになるだろう。そのために、江美のほうは絞めないで、猫なら一秒、犬なら二秒、馬なら三秒で死ぬという高級な薬を、オレンジ・ジュースにまぜて飲ませてやる。あっという間にもう天国だ。おまえにやったトマト・ジュースには、何も入ってないから安心しろ」

「この場で、すぐに殺すのか」

「なるべく早くやれという命令だ。おまえは生命保険に加入しているか」

「いや。保険と投資信託は虫が好かない」

「そいつは惜しいことをしたな。妹が保険の外交をやっているので、おれは百万円の保険に入っている。女房や子供のためにも、それくらいの保険に入るのは現代人の義務だ」

「せっかくのご心配だが、おれには女房もないし、親兄弟もとうに死んじまっている。保険金を残したところで、受取る者がいない」

「ふうん、するとおまえが消えちまっても、わあわあ泣くやつはいねえのか」

「久里十八が泣くかもしれない」

「気の毒だな。しかし、これも運命だからしようがない。それでは、おれもぐずぐずしてはいられねえから、ぼちぼち始めるぜ」

大口はわたしの首に紐を巻きつけた。

「待てよ」わたしは慌てた。「おまえはこれまで自分のやってきたこと、これからやろうとしていることの意味がわかってるのか」

「意味なんてやつは縁がないね。おれは女と酒と、そのために必要な金のことしか考えないことにしている。おまえと江美を片づけたら、ボスから五十万円もらう約束だ。一人あたま二十五万円のボーナスだな。アルバイトにしては悪くない」

「ばか野郎」わたしは笑った。

「ばか野郎?」

大口はわたしの横にまわって、顔をのぞきこんだ。

「いい加減、ばか野郎じゃないか。おまえは佐竹に五十万円もらえると思ってるのか」

「もらえねえというのか」

「当り前よ。今頃、佐竹はとっくに高とびして、東京になんぞいやしない。おまえは、佐竹が新宿の瑞賞堂という宝石店に押込んで、店員を一人射ち殺したことを知ってるのか」

「そんなことがあったのか」

「やはり知らなかったんだな。おれと話をしたあとで、佐竹が青くなっておまえをさがしたというのも、その強殺事件が警察に嗅ぎだされたことを知ったためだ。それで、あとくされになるおれと江美をおまえに殺させ、自分はどこかへとんじまうつもりだったのさ。五十万円受取ろうにも、佐竹はとっくに雲がくれだぜ」

「ほんとうか」

「宝石店の事件以外に、佐竹は玉川を殺し、芝垣のじいさんまで殺しているかもしれない。今のうちに手をひけばおれは黙っていてやるが、さもないと取返しがつかないぜ。警察は、きさまが佐竹の下で動いていることも感づいている。その証拠に、一昨夜は四谷署の刑事が、銀座のサファイアへきさまを探しに行ったはずだ。おれがいなくなれば、警察は当然佐竹かきさまに殺されたと思うだろう。きさまはどうしても逃れられない。あげくの果ては、殺人罪で絞首刑だ。殺人犯で絞首刑の遺族では、せっかくの保険金だって取れやしない」

「玉川はなぜ殺されたんだ」

「多分、余計なことを知りすぎていたからだろう」

「芝垣のじじいは?」

「それはおまえのほうがくわしいはずだ。おれは、佐竹が芝垣を脅迫していたことを知っている。カオルという女に聞いたんだ。脅迫のネタは密輸か」

「知らねえな。ボスがカンカンになってじいさんを脅したことは確かだ。しかし、どうしてカンカンなのかは知らない。サファイアの洋酒はみんな芝垣のところから仕入れたものだ。もちろん密輸品だからベラボウに安い。仕事のことでボスがむくれるようなことはなかったと思うな」

「強盗事件に芝垣が首をつっこんでたとは思わないか。あいつは故買もやっていたにちがいないんだ」

「断っとくが、おれは強盗の話なんか初耳だぜ」

「それはわかっている。きさまみたいに目立つ大男を、派手な強盗の仲間に入れたらすぐアシがついてしまう。殺された店員は田所という男だ。このクラブにも何度か遊びにきているらしいから、きさまだって顔は知っているはずだぜ」

「思いだしたよ。おれは一度顔を合わせただけだが、殺されたことはあとになって聞いた、しかし、そいつが宝石店の店員で、ボスに殺されたとは知らなかった」

「田所は仲間に入ったつもりで、佐竹にだまされたのさ」

「話がややこしくなりやがったな」

大口は麻紐をわたしの首に巻きつけたまま離れると、昨夜と同じ椅子に腰を下ろして腕を組んだ。深刻そうに眉をよせて、考えに沈む表情である。

「壁の写真はいつ撮《と》ったんだ。だいぶ美男子に撮れてるじゃないか」

わたしは大口の気分を静めるために言った。あまり深刻に考えて、悲観した上にヤケになられても困る。

大口は顔をあげて写真を眺めた。

「去年のクリスマス、店がひけたあとでホールに集って写したのさ」

「クリスマスだって」わたしは首をかしげた。「おかしいな。去年のクリスマスなら、江美は辞めたあとじゃないか」

銀座のサファイアにいたマリ子という女に聞いた話では、江美は一年くらい前にサファイアを辞めているはずだった。

「それがどうかしたのか」

大口はうるさそうに問返した。

「江美が一緒に写っているのはどういうわけだ」

「江美が？　そんなことあるもんか」

「しかし、写ってるものは仕様がないだろう。二列目の右の端を見てみろよ。カクテル・ドレスを着て、うれしそうに笑っている」

「どれだ――」

大口は立上って、写真に近づいた。

「髪に変てこなリボンをつけた女か」

「そうだ」

「ばか野郎、これはヒロコという女で、今でも店に働いている」

「ちがうのか」

「大ちがいだ」

「しかし、江美によく似ているな」

「ふだんはそうも似ていないが、笑ったから似ちまったんだ。同じ女が二人いてたまるか」

大口はまたもとの椅子に戻った。わたしの頭は脳味噌に火がついたように熱かった。江美に似ている女の写真が意味するところは重大だった。江美にこれほど似ている女がいるなら、伊佐子に似た女がいてもいいではないか。わたしは、わたし自身にそっくりな容貌の男に会ったことさえある。わたしはほとんど愕然となった。そして、間もなく殺される立場も忘れて、事件を新しい角度から再検討した。

大口は頭を垂れて、すっかり考えこんでしまっている。

わたしは新しい仮説を追うことに熱中した。仮説の中で導きだされた結論は、あまりにも意外な事実だった。事件の謎が、ようやく底を割って傷口を見せたのだ。

わたしは命が惜しいばかりではなく、事件そのもののためにも、この窮地を脱出したかった。

しかし——大口は決意をかためたように、悠然と立上った。

「やっぱり、おまえを絞めることにするよ。五十万円が手に入るかどうかわからないが、ボスの行先はおよその見当がつく。香港にボスの兄貴がいるんだ。おれも香港へ行くことにする。おまえや江美を生かしておくのは危険だ。おれのことを警察にしゃべらぬなんて約束はアテにならない。急に忙しくなったようだから、山梨県の山奥まで行く暇はない。おまえたちの死体はここに残しておく。警察はボスに殺《や》られたと思うだろう。おれが殺る理由はないんだからな。人間というやつは、どうせいつかは死ぬものだ。早く死んだほうが惜しまれるし、交通事故だと思えば諦めもつく。なるべく痛くないように絞めるから、悲鳴をあげないでくれよな」

大口は勝手なことを言って背後に回ると、わたしの首に巻いた麻紐の両端を、大きな両手で握りしめた。

一〇

ドアの外に乱れる靴音が聞えたのは、まさに大口が麻紐の端を握った手に力を入れようとする瞬間だった。

「人殺し！」

靴音が誰のものかはわからないが、わたしはドアの外の靴音に最後の望みをかけて怒鳴った。

ドアを蹴って、数人の男がなだれこんできた。先頭に立っていたのは郷原部長だった。

「大丈夫か」

部長が駆けよって、ロープを解いてくれた。

大口は茫然としたまま、すでに若手の刑事たちに手錠をかけられていた。

「佐竹を見たか」部長が言った。

「いえ、自宅にはいませんでしたか」

「もぬけのカラだ。それでこっちにきてみた」

「やはり跳《と》んだんですね。高跳び先は、大口の言うには香港のようです。旅券がそう簡単にはとれないから、まだ国内にもぐっているでしょう。佐竹のことは誰かに聞いたんですか」

「久里十八に聞いた。もう一度逮捕すると言って脅したら、すっかり話してくれた。きみは隠していたが、もし久里さんが話さなければ、きみは大口に殺されるところだったろう。久里十八氏に感謝するんだな」

「わかりました。部長にも久里さんにもお礼を言いますが、それは後まわしにして、ちょっとぼくは失礼します」

「どこへ行くんだ」

「この三階に、山名江美が監禁されている」

「よし、一緒に行こう」

部長はわたしについてきた。ドアの外に出て気がついたが、わたしの閉じ込められたのは地下一階だった。

三階へ上ってドアを蹴破ると、江美はうしろ手に縛られ、口には猿ぐつわを噛まされて横たわっていた。引裂かれたワンピースが、辛うじて胸の前をかくしている。

ロープを解いてやると、江美は大声で泣きだした。火傷《やけど》した赤ん坊みたいな泣きようである。

涙はとめどもなく出るようだった。

「しばらく江美を借りていいですか」

部長に言った。

「どうするつもりだ」

「ラブシーンじゃありません。用が済んだら警察へ行かせます」

「きみの体は大丈夫か」

「このとおりです」

わたしは体をのばした。全身が疼《うず》くように痛かったが、ようやくの思いで笑ってみせた。

「監禁されたお蔭で思いついたことがあります。予想があたれば事件解決ですが、その前に確かめねばなりません。調べた結果はすぐに連絡します」

わたしは呆気《あっけ》にとられている部長に言残して江美の手をひいた。

まず一階の衣裳部屋へ行って、江美の服を着替えさせた。

早番のボーイが三人ばかり遠巻きに眺めていたが、文句を言う者はなかった。どうせ衣裳戸棚の中のドレスはクラブのお仕着せだろうから、江美には好きなドレスを選ばせた。ただし、往来へ出ても目立たぬものをという条件である。江美の体に合うドレスで、黒っぽい地味なのが見つかった。

「似合うかしら」

江美は鏡の前に立って、しきりにポーズをとっては感想を求めた。

「昨日は、あれからもっとひどい目にあったのか」

「大口の奴にさんざん殴られて、今でもお尻がヒリヒリするわ」

「佐竹は手を出さなかったのか」

「あいつは見ているだけよ。あんたはどうだったの」

「おれは地下室に押込められて眠っていた。とにかく急ぐから早くしてくれ」

「どこへ行くの？」

「久里十八の事務所へ行ってもらう」

「あたし一人で？」

「そうだ。事務所に行くと、志賀栄太郎と妻の伊佐子が買物をしている写真がある。久里十八に言えばすぐ出してくれるから、その写真に写っている伊佐子をよく見ておいてくれ」

「見てどうするの」

「写真の女がほんとうに伊佐子かどうかを見てもらいたいんだ」

「あんたが写した写真じゃなかったの」

「おれが写した」

「変ね」

「変なことはない。写真をとったときはどこの女かわからずに写した。翌日、殺された伊佐子の写真を新聞で見て、おれの写した女に似ているから伊佐子だと思った。それ以前に、おれは本物の伊佐子と会ったことがない。ことによると、栄太郎と一緒にいたのは別の女だったかもしれないんだ。きみは伊佐子に似た女を知らないか」

「そうね……笑顔があたしに似ている人ならいるわよ」

「きみに似ていてもしようがない」

「ちょっと思いつかないわ」

「久里十八の事務所へ行ったら、ゆっくり考えてくれ」

わたしは着替えを終った江美をせきたてた。

街路に出ると、太陽のひかりが眩《まぶ》しかった。

「ぼくはこれから高島屋へ寄って、そのあとで久里さんの事務所へ行く。いいかい。写真を見て、もしそれが伊佐子じゃなかったら、誰だったかを考えてくれ」

「でも、あたしの知らない人だったら？」

「そのときは仕様がない」

わたしはタクシーをとめて、江美を押しこんだ。

わたしの乗るタクシーもすぐにつかまった。

一一

高島屋の店内は明るく落着いた雰囲気があって、客の出入りもどことなくゆったりしていた。一階ハンドバッグ売場――志賀栄太郎とつれの女に応対していた店員は、すぐに見わけられた。ショートカットの髪をふっくらとウェーブさせて、高校を卒業して間がないと思われるような愛らしい娘だった。

「先週の土曜日だから、まだ四日しか経っていないが、髪を赤く染めた二十三、四歳の女性といっしょにきて、トカゲ革のハンドバッグを買った男を憶えているでしょうか。ここにきたのは開店して間もない時間です。年輩は五十歳くらい、髪を短く刈りあげた恰幅のいい紳士だった」

わたしは四谷署の刑事になりすまし、女店員に言った。

「おつれの方は和服を召してらしたんじゃないかしら」

「そうです。ハンドバッグは淡いアメ色で、定価は一万六千円だった」

「おぼえています」

「その男は、以前にも同じようなハンドバッグを買っていきませんでしたか。以前といっても、せいぜい一ヵ月か二ヵ月以内のことだと思う」

「半月ほど前に、お買上げいただいたことはございますが」

「やはり、あなたが応対されたんですね」

「はい」

「いつだったか、正確な日附や値段がわかりますか」

「少々お待ちください」

女店員はていねいに頭をさげてレジのほうへ行った。店のしつけがいいのか家庭のしつけがいいのか知らないが、適度に愛嬌もあって感じのいい女店員だった。推理が的中しつつあることと、女店員の快適な応対ぶりに、わたしは大口に傷めつけられた体の痛みを忘れた。

女店員は黒い表紙の分厚い大型ノートをもってきて、中ほどのページを開いた。たいていのデパートがそうだが、安価なビニール製などのハンドバッグはレシートを切るだけで控をとらない。しかし、高価なトカゲ革の場合は、台帳に控をとってある。

「先月の十九日です」

「客の住所や名前は控えてありますか」

「いいえ、お買上げになってそのままお持ちになりましたので、お名前などは伺いませんでした」

「やはり淡いアメ色のトカゲですね」

「はい」

「そのときは、先日の男一人できたんですか」

「はい。おつれさんはなかったと思います」

「ありがとう」

わたしは高島屋を出て、久里十八の事務所へタクシーをとばした。

「たいへんな目にあったそうじゃないか」

久里十八は同情に堪えぬといった眼つきでわたしを迎えた。

「久里さんが、警察に喋ってはいけないということを喋ってくれたおかげで、ぼくは命拾いをした」

「わたしが役に立ったのか」

「ぼくは当分久里さんに頭があがらないでしょう」

「五万円の分け前はどうなる」

「複雑な心境ですが、差上げることにします」

「すまんな」

詳しい経緯を知らぬせいか、十八はニコニコしていた。

「どうだい、写真の見分けはついたかね」

わたしは待ちかねていたらしい江美にきいた。

「よくわからないのよ」

江美はあらためて写真を眺め、首をかしげた。

「どういうわけだ」

「伊佐子さんのような気もするし、伊佐子さんじゃないような気もするわ」

「頼りないんだな。かりに伊佐子じゃないとすれば、その女に似ているのがほかにいるのか」

「マユミさんに似てるわ」

「どこの女だ」

「新宿のゲルニカというバーにいる人。とてもきれいな人だわ」

ゲルニカというのは、玉川の出入りしていたバーとして、クラブ・サファイアにいた女から聞かされていた店である。

「そのマユミというのが、写真の女そっくりなのか」

「でも、写真が小さくてはっきりしないし、髪のかたちがちがうから、やはりこれは伊佐子さんかもしれないわ」

「マユミの髪はどんな型だい」

「まっ黒な髪を肩の辺まで垂らしていたわ」

「染めなかったのか」

「黒いツヤのある羨しくなるような髪よ」

「そうか、それではぼくと一緒にゲルニカへ行ってくれないか」

「また出かけるの」

「帰りにうまいものをご馳走する」

「わたしが代わりに行こうか」

久里十八が体をのりだして口をはさんだ。

「いや、加山春江が淋しがるから、久里さんはここにいて結構です。そして郷原部長に連絡して、志賀栄太郎を逮捕するように伝えてください、ぼくもこれから志賀のあとを追いかける」

「志賀栄太郎が何かしたのか」

「玉川や芝垣のことまではわかりませんが、伊佐子を殺した犯人が亭主の栄太郎であることは間違いない」

「わけを聞かせてくれ」

「帰ってから話します」

わたしは江美の手をひっぱって外へ出た。

「時間が早いから、まだゲルニカは店を開いてないな」

わたしは外に出てから気づいて言った。

「やってるわよ。あそこは昼間は純喫茶で、夜になるとバーになるの。ママさんはたいてい昼間から来てるわ」

「ママってのは、どんな女だ」

「いい人よ。四十ぐらいのオバチャンだけど。志賀さんが伊佐子さんを殺したというのは本当なの？」

「多分な」

「どうせ話しながら歩くんだから、教えてよ」

「マユミという女をアリバイに利用したのさ。わかるかい」

「わからないわ」

江美は考えようともしないで答えた。

「わかるように話すには時間がかかるんだ。事件が片づいてからゆっくり話す」

わたしたちは新宿駅のほうへ歩いていった。西口のガードをくぐり、青梅街道の荻窪行き都電終点の先を左に曲った。

ゲルニカは小さな陰気そうな店だった。

「きみ一人で先に入って、様子を見てきてくれないか。マユミというコがいたら外につれだすんだ。ぼくはここで待っている。客がいる店の中で騒がれると厄介だからな」

わたしはゲルニカが与太者のタマリになっているのではないかと警戒した。

「もし、マユミがいなかったら」

「どこに行けば会えるかを知りたい。それから、マユミが最近、髪を染めたかどうかもマダムに聞いてくれ」

「わかったわ」

江美は薄暗い店内へ入っていった。

二

五分ばかりして、江美はゲルニカのマダムをつれて戻ってきた。眼つきに色気のある美人だった。しかし、きものの着こなしや化粧に玄人《くろうと》くさいところはない。

「マユミちゃんは辞《や》めちゃったんですって」

江美が言った。

「一週間くらい前に、急に辞めてしまったんですよ」マダムがあとを続けた。「人づてに聞いた話ですけど、渋谷のスカイ何とかいう美人喫茶にいるんです」

「住居《すまい》はどちらですか」

「阿佐ケ谷です。杉並区役所の裏のほうにアパートを借りて、友だちと一緒にいると聞きました」

「最近、マユミさんは髪を染めませんでしたか」

「染めました。辞めると言ってきたとき髪を赤っぽく染めたので、せっかくきれいな髪をどうしてそんなにしたのかと叱ってやりました」

「そしたら?」

「笑っているだけでしたわ」

「男とのつき合いは多かったんですか」

「そうですね、きまった男の人はいないみたいでしたけど、ぜいたくな化粧品をつかって、遊ぶことは好きな娘《こ》でしたから……」

「馴染《なじみ》の客の中に、五十歳くらいの男はいなかったでしょうか。志賀という男です」

「さあ……?　うちは中年のかたも多勢さん見えますけど……」

わたしは栄太郎の人相や風采を説明したが、マダムは心当りがないようだった。

「玉川という男をご存じですか。昨日の夕刊で、彼が殺された記事を読んだと思いますが

「ええ。以前はよく店にいらっしゃった方で、新聞を見て驚いてしまいました」

「――」

「すると、マユミさんは当然玉川を知ってたわけですね」

「はい。特に親しいようには見えませんでしたけど、マユミちゃんが玉川さんの殺されたとかいう事件に関係しているんでしょうか」

「いや、それはマユミさんに会ってみなければわかりません」

わたしは先を急ぐので話を打切った。

「ぼくはこれから渋谷の美人喫茶とやらへ行ってみる。きみのような美人と同伴で行くところじゃないから、きみは四谷署へ行って待っていてくれ。これはご馳走の分だ」

わたしは江美に千円札を握らせ、ゲルニカをあとにしてタクシーを拾った。

いわゆる美人喫茶というところは、銀座でも新宿でも同じことだが、おしなべて美人がいないことになっている。アメンボみたいに痩せた女が、スタイル・ブック引き写しのドレスをまとって歩きまわり、あるいは壁際にのそっとつっ立っているのが通り相場だ。面白いといえば、そうした個性のないマネキン美人が、テレビや映画界への踏台としてスカウトを待っている図柄の、色彩だけでも華やかな眺めだろう。それでも美人喫茶にいる女はすべて美人にちがいないと割りきって、いそいそと詰めかける客がひきもきらぬというなら、なにもはたからケチをつける筋合いはない。マユミが陰気くさいバーを脱け出して、美人喫茶にくらがえしたことは、正しい選択にちがいなかった。

渋谷で美人喫茶のスカイなにがしといえば、わたしの心当りでは道玄坂の途中にスカイラークというのが一軒あるだけだ。二階建のかなり大きな店で、居並ぶ美女が二十人あまりいる。半年ほど前に、この店にいたウェイトレスの素行調査をやったことがあるので、わたしは常連のように通ったことがあった。美人喫茶にしてはコーヒーのうまい店だった。

わたしは迷わずにスカイラークへ行った。ワインカラーのガラスドアは、手をかけるまでもなく内側から美女によって開かれた。空席に案内してくれたのは別の美人ウェイトレスである。

「マユミさんは見えていますか」

わたしはオーダーを後まわしにして、ウェイトレスに言った。

「まだ見えておりません」

細いきれいな声だった。

「まだというと?」

「今週は遅番ですから、五時までに見えると思います」

「済まないがコーヒーを飲んでる暇はないんだ。レシートにコーヒーをチェックしてくれ」

わたしはすぐに立上り、コーヒー代だけ払って出ようとした。

「結構です。また五時すぎになったらいらしてください」

ウェイトレスは、わたしとマユミとの仲をカンぐったような微笑で言った。

「わるかったな」

わたしも何となくニヤニヤして、そのままスカイラークを出た。

一三

阿佐ケ谷まで、またタクシーをとばした。

マユミが友人と二人で借りているというアパートは、家並のたてこんだ細い道に面して、モルタル塗りの色あせた肌をさらしていた。ところどころモルタルが剥げて、安普請《やすぶしん》の見本みたいなアパートである。ドアを開きっ放しの玄関を入ると廊下の右に、

——松田マユミ。

——浜川すみ子。

木製の小さな表札に二人分の名前がでていた。ノックをしてドアを押した。急場のことで紳士的手続きはいっさい省略である。

「失礼します」

わたしは無断で室内に踏みこんだ。

「どなたでしょうか」

鏡台にむかって化粧をしていたらしい女が、おどろいて振返った。色の白い痩せた女だった。マユミより二つか三つ年下だろう。片眼のまわりだけが仕上ったアイシャドウがおかしな感じだった。

「スカイラークからきました」

わたしの言ったことは事実である。

スカイラークの使い走りできたと聞き違えたなら、それは勝手に聞き違えたほうがわるい。

「マユミさんは留守ですけど、どんなご用かしら」

「ちょっと重大なことでマユミさんに直接話したいんですが……」

「弱ったわね」

「どこへ行ったんですか」

「映画を見に行ったのよ。もう帰る頃だわ」

「映画館はわかってますか」

「サンダルをつっかけて行ったから、たぶんこの辺だと思うけど、新宿まで行ったかもしれないわ」

「どんな映画を見たいと言ってましたか」

「それを、あたし聞かなかったのよ。さっきもマユミさんを訪ねてきた人にきかれたけど、困っちゃったわ」

わたしはギクンとした。

「マユミさんを訪ねた人というのは、どんな人です。五十歳ぐらいの男じゃありませんか」

「あら、よく知ってるわね」

同室の女は不審そうにわたしを見直した。

「それで、その男はどこへ行きましたか」

「どこへ行くとも言ってなかったけど、またくるからマユミさんが戻ったら待たせておいてくれと言って出ていったわ」

「そいつが来たのは何時ごろですか」

「そうね。二時間ぐらい前かしら。今ちょうど四時だから、二時頃ね。ルノーを運転してきたわ」

二時間前か——わたしはほとんど絶望に近いものを感じた。もし、その間に志賀がマユミを見つけだしたとしたら、今頃はマユミの命はなくなっているはずである。マユミさえ消してしまえば、志賀のアリバイは完全なのだ。わたしの写した写真も、それが伊佐子本人だと主張されれば、覆《くつがえ》す力はどこにもない。もはや考えるまでもないことだが、玉川徳太郎を依頼人に仕立てて、志賀栄太郎の尾行調査を久里十八探偵事務所に持込んできた人物は、当の志賀栄太郎本人だったのだ。志賀はわたしに尾行されていることを承知で江美のアパートを訪ね、そのことによって、玉川の調査依頼をもっともらしいものに見せかけたのである。しかし、志賀の本当の目的は偽装アリバイの証人を得ることにあった。そのためにはどうしても利害関係のない第三者に尾行されることが必要で、まんまとペテンにかかったのが、ほかならぬわたし自身というわけだ。

事件当日、志賀は伊佐子に電話を命じて、佐竹と野本を正午に来るように誘わせた。すでに彼は、佐竹と野本が伊佐子と関係していることを知り、円満に話のカタをつけるとでも言って伊佐子に電話させたのだろう。被害者本人に第三者の呼出し電話をかけさせる手口は、芝垣の場合も同様である。第三者を呼んだのは、適当な時間に死体を発見させ、それによってアリバイ工作を完全なものにするためだ。もちろん、そこには呼出されてきた者に嫌疑をかけさせる目的も含まれていたろう。志賀は、二人の男に電話をかけ終った伊佐子を絞殺し、死体を茶の間に横たわらせて、そして何くわぬ顔で、東洋ビルの店へ出勤した。車があるのに、わざわざ四ツ谷駅まで歩いて国電を利用したのは、わたしに尾行されていることを知っていたからであり、尾行されることがどうしても必要だったからだ。

出勤した志賀は、やがて店を出て高島屋へ行き、正面入口で髪を染めた若い女と落合った。伊佐子に似ている女——これがマユミだった。翌日の朝刊で伊佐子の写真を見たわたしは、そのときの女を伊佐子だと信じてしまったが、それが尾行をつけさせた志賀の目的だったのだ。つまり、高島屋で買物をしていた時間に伊佐子がまだ生きており、その後は死体となって発見されるまで、彼が伊佐子に会っていないことを第三者のわたしに信じさせたかったのだ。例の女が伊佐子と錯覚されている限り、志賀のアリバイには寸分の隙もない。死体の近くに落ちていたハンドバッグは、半月も以前に買い与えていたものだったのだ。その点をさらに誤信させるために、志賀はわたしの視線を意識しながら、同じトカゲ革のハンドバッグをマユミに買い与えたのである。ことさらに一人一社のちっぽけな久里十八探偵事務所を依頼先に選んだというのも、思えば、騙しやすい無能な探偵を期待したからで、その志賀の期待通りに、わたしは存分に計られたということだ。面目ない不始末だが、これが真相であろう。

「訪ねてきた男の運転していたルノーは何色でしたか」

「たしか、明るい緑色だったと思います」

「間もなくマユミさんが戻ることは確かなんですね」

「ええ、五時にスカイラークへ行くことになってますし、その前に洋服を着替えたり、化粧もしなければなりませんから、もう戻る時間ですわ」

同室の女は物怯《ものお》じしたような眼で答えた。質問するわたしの口調が、いつか険しくなっていたからだった。

一四

五時にスカイラークへ出勤するとすれば、同室の女が言うようにもう戻らねばならぬ時間だった。どこの映画館へ行ったのかわからないのに、阿佐ケ谷から新宿まで足をのばして、映画館をシラミつぶしに調べる余裕はない。すでに栄太郎は二時間前にここを出ていったというから、少くとも阿佐ケ谷界隈の映画館は軒なみに調べ終っているだろう。そしてマユミを探しだしたとすれば、とうに車に同乗させ、誰の眼も届かぬ所で彼女の首を絞めてしまったかもしれない。

わたしは暗澹《あんたん》となった。焦《あせ》っても追いつく事態ではないのだ。

しかし彼女が新宿まで行ったとすれば、まだ望みがないわけではない。映写中は観客の呼出しマイクを使ってくれないから、僅か二時間ほどの間に、阿佐ケ谷から新宿にいたる映画館すべてを洗うことは不可能だ。マユミは新宿との中間にある高円寺か、中野あたりの映画館へ行ったかもしれないし、あるいは逆方向へ、荻窪の映画館に入ったという可能性もある。いずれにしても、時間の切迫した今となっては、彼女の幸運を祈る以外に手はなかった。

わたしはアパートを出ると、まず阿佐ケ谷の商店街へ向う直線コースに、緑色のルノーがとまっていないことを確かめた。もし栄太郎がマユミをさがしだせずに、映画館めぐりを中止して引返したとしたら、この近くに車をとめて彼女の帰りを待伏せているにちがいないからだ。この辺の映画館か、あるいは新宿、荻窪方面のいずれへ行ったにしても、帰路は駅前の賑やかな通りを折れてくる以外にない。

わたしは慎重に視線を配って駅前通りへ向った。そして通りに出る三十メートルほど手前から、細い路地を見つけて迂回した。通りに出る角に、栄太郎の眼が光っているかもしれないと考えたからだ。

伊佐子に似た女――マユミを発見したのは、ドブ板を渡した細い路地から顔を出した瞬間だった。ピンク色のシャツの腕をまくって、黒いスラックスにサンダルをひっかけ、片手に大きくふくらんだ紙袋をさげている。眼前を横切った姿は蝶のように軽快だった。

わたしは声をかけずに彼女をやりすごした。もはや一匹の蝶は囮《おとり》にすぎない。わたしは彼女の行方を見守った。果して、彼女がアパートへの角を曲ろうとしたとき、志賀栄太郎の姿が現れて彼女の肩を叩いた。

彼女は驚いたように振返り、それから白い歯を見せて笑った。会話が一言か二言、彼女は栄太郎の腕をとって横町を曲った。

わたしはすぐに後を追った。二人はもつれるようにして歩いた。

「志賀さん――」

わたしは声をかけた。

志賀の足がとまった。そしてゆっくりと振返った。わたしを見つめたまま、しばらくは口をきかなかった。すべてが終ったとさとったようだった。

「部長が待ってますよ」

わたしは言った。

マユミは唖然として、わたしと栄太郎の顔を見較べていた。

「たしかにおくさんに似てますね。ぼくは完全に一ぱいくいました」

これはわたしの自嘲だった。

「取引は嫌いかね」

栄太郎が初めて口を開いた。意外に落着いた声だった。

わたしは黙っていた。

そしてかすかに笑った。

「百万円だそう」

栄太郎はつづけた。

わたしはやはり答えなかった。

「不服か」

栄太郎の唇にも微笑が浮んだ。自信のありそうな笑いだった。わたしを舐《な》めたのだ。

「立話では決められないね」

わたしは笑いながら近づいた。そして栄太郎の鳩尾《みぞおち》をありったけの力で突上げた。攻撃の先手をうったのである。それに、自殺の怖れもないではなかったからだ。

栄太郎はもろかった。シャックリみたいな喉のつまった声をあげただけで、その場に伸びてしまった。

「一一〇番のダイヤルをまわして、パトカーを呼んできてくれ」

わたしはびっくりして立っている女に言った。

「捕まってもいいの?」

女が不思議そうに言った。

「捕まるのはぼくじゃない」

「だって、あたしはあんたが殴るところを見たわ。さっさと逃げればいいじゃないの」

「今まで、きみはどこの映画館にいたんだ」

「映画はみたいのがなくてやめたのよ。駅の南口のパチンコ屋にいたわ。百円でこんなに儲けたのは初めてだわ」

女は紙袋の中を開いてみせた。

「運がよかったな。きみは殺されるところだったんだぜ」

「わからないわ」

「わからなくてもいいからパトカーを呼んでくれよ。眼をさましたら、また殴らなければならないんだ」

「ますますわからないわね」

「ぐずぐず言ってると、きみも眠らしちまうぜ」

わたしは拳《こぶし》をかためて指の骨を鳴らした。

女は駆足で近くの赤電話へとんだ。

パトカーの到着は早かった。

わたしは簡単に事情を話した。

警察官はすぐ了解した。四谷署からの連絡で、すでに志賀栄太郎と、その乗用車について手配がまわっていたのだ。

パトカーには意識不明の栄太郎と一緒にマユミも同乗させた。

「髪を染めたのは、この男に言われたからだね」

わたしは横たわっている栄太郎を指さしてマユミに言った。マユミは栄太郎の本名を知らず、別名を告げられていたのである。

「ええ、どうしても髪を染めてくれって、その代わり一万円くれたわ」

「高島屋でハンドバッグを買ってもらったのも、きみが頼んだのではなくて、この男が言いだしたことでしょう」

「不思議ね、どうしてそんなことまで知ってるのかしら？」

マユミは相変らずわけがわからぬといった表情で、わたしを見つめた。

「ゲルニカを辞めたのも、やはりこいつに言われたからですか」

「どうして知ってるのか教えてよ」

「スカイラークに勤めたのは」

「それはあたしが自分で見つけたのよ。ゲルニカを辞めるとき、そのうちバーか喫茶店をもたしてくれるといって、この人から五万円もらったわ」

「こいつのおくさんを見たことがありますか。きみによく似ていて、きみと同じくらいきれいな人だ」

「知らないわ。おくさんがどうかしたの？」

「殺されたんだ」

「あたし、気分がわるくなってきたわ」

「きみがこいつを知ったのは、いつ頃ですか」

「そうね、もう一と月くらい前かしら？」

「ゲルニカの客として」

「ちがうわ」

「とすると誰かの紹介だな。紹介者の名は？」

「あんたの知らない人よ」

「玉川徳太郎だろう」

「あら、玉川さんを知ってるの？」

女の顔に不安が現れた。玉川の仲介で、コールガールをしていたことまでは知られたくないのだ。

パトカーが四谷署についてから、わたしは栄太郎の尻を蹴とばした。

栄太郎は眼をさました。しばらくぼんやりしていたが、手錠のかかった手を眺めてふてぶてしい笑いを浮べた。

途中、無線で連絡がついていたので四谷署の玄関には捜査本部の連中が待っていた。車から下りると、郷原部長がとびだしてきて、わたしの両手を痛いほど握りしめた。

「感謝感激だよ、きみ。素直に感謝できない面もあるが、シャクにさわったことは忘れることにする」

部長は興奮していた。

「サファイアで助けてもらったお礼ですよ。ぼくはどうでもいいが、久里十八氏に感謝状を忘れないでください。栄太郎が自白したら、機嫌直しに自白内容を聞かせてくれるでしょうね」

「もちろんだ。とにかく、山名江美も待っているから、ゆっくり署長室で休んでくれ。野本は一時間ばかり前に釈放した」

「署長室では休めませんよ。ぼくはアパートに帰って一眠りします」

わたしは栄太郎の後姿を見送って踵《きびす》を返した。江美には別に会いたくもなかった。

タクシーを拾ってアパートに帰ると、玄関の前にゼネラル探偵社の藪川が、待ち疲れたようにしゃがんでいた。

「どこへ行ってたんです」

藪川は跳びあがって叫んだ。

「何か用か」

「用かじゃありませんよ。せっかくわたしがお願いしているのに、巻いちまうなんてひどいじゃないですか。あれから随分さがしました」

「仕様がないさ。お互いに商売商売の苦労がある。報告書はうまくごまかしたか」

「まだ白紙のままで弱っています。しかし、今日は手ブラじゃありません。尾行調査の依頼人がわかりました」

「ふうん、志賀栄太郎か」

「あれ、知ってたんですか」

「初めから知ってたわけじゃない」

「昨日の晩、社長室に忍びこんでファイル・カードをさがしだし、ようやくわかったんです。わたしとしては命がけの大冒険でした。それなのに、知ってたなんてあんまりです」

「どうすれば気がすむんだ」

「約束ですから、あんたの足取りを教えてください。明日までに報告書を出さないと、わたしはクビになります」

「そいつは気の毒だ。しかし、報告書を書いたって役には立たないぜ」

わたしは栄太郎が逮捕されたことを話し、藪川が必要だというわたしの足取りを教えた。

一五

二日後、佐竹は神戸港で貨物船にもぐって密出国しようとしたところを逮捕された。香港へ高跳びの寸前である。その知らせをもってきてくれたのは郷原部長だった。わたしは久里十八の事務所にいたが、部長は留守中のアパートへわたしを訪ね、それから行方をさがしてやってきたのだ。電話ですむ話をそうしなかったのは、話し相手が欲しかったのだろう。

「栄太郎は口を割りましたか」

わたしは手入れをしてきたらしい部長のひげを見て言った。

「往生際《おうじょうぎわ》のわるい奴だが、昨日の夕方からようやく喋りだした。マユミをアリバイのトリックに利用したことも認めたよ。栄太郎は、玉川から伊佐子にそっくりの女がいると聞かされて、そのとき初めて犯行計画を思い立ったと言っている。マユミは金が欲しいだけで、事件のことは何も知らなかったらしい」

「瑞賞堂の強盗事件のほうはどうでした」

「やはり栄太郎と佐竹と伊佐子の三人に、田所が加わっていた。驚いたことに、この強盗事件の主役は伊佐子だったそうだ。どこで知合ったのかわからないが、伊佐子は以前から田所を知ってたんだな。それでまず田所を仲間に引入れ、栄太郎と佐竹に紹介したんだ――」

郷原部長の話は時折り前後しながら熱っぽく続いた。これを整理すると、栄太郎の供述した犯行の経緯は次のようなものだった。

――五反田に小さな時計店を開いて、地道な商売をしていた栄太郎は、芝垣を知って密輸に手を出すとたちまちに資産を殖《ふ》やした。頭もよかったし度胸もよかったのである。そして東洋ビルに店をかまえ、若葉町に新居を移した。その間に、彼はやはり芝垣の取引相手だった佐竹を知り、佐竹の経営するナイトクラブに出入りするようになって伊佐子を知った。結婚して伊佐子を家に迎えたのは、栄太郎の希望ではなく、伊佐子に強引に押しかけられたのだという。それが今年の正月だ。ところが、正月の末になってアメ横の手入れが行われた。警視庁の全力をあげた大がかりな取締りで、芝垣の事務所も佐竹のクラブも捜索をうけ、せっかくの密輸品は洗いざらい没収されてしまった。芝垣と組んでいた栄太郎にとって、これは大へんな損害だった。このとき強盗の計画を栄太郎に吹き込み、田所を引合わせたのが伊佐子だった。慎重に計画が練られ、同じく警視庁の手入れで金につまっていた佐竹を仲間に加えた。瑞賞堂の内部事情はすべて田所によって伝えられた。犯行の日時がきまった。栄太郎と佐竹とで店内に押し入り、店員である田所の協力で金目のものを掻っ払ったら、店の外で見張り役の伊佐子の自動車に乗ってずらかる。そして盗んだ貴金属や時計は、芝垣が処分する手筈だった。逃走に際して、田所を射殺したのは佐竹の独断で、そこまでは栄太郎の計画に含まれていなかった。いかにも佐竹らしい冷酷な行為だが、田所の口を封ずると同時に、分け前を彼にやらずにすますためだった。

強盗は成功し、贓品は芝垣が処分して金に換えた。ところが、いざ分け前という段になって、佐竹が不服を唱えた。分け前が彼の予期した額より少すぎるというのである。真相は栄太郎が芝垣とグルになって、贓品を処分した金の上前を大幅にはねていたのだ。それで佐竹は芝垣を脅し、贓品処分のごまかしを白状させようとしていたのである。

分け前に対する不服は伊佐子も同様だった。夫婦でありながら、他人と同じように正当な分け前を要求したのだ。栄太郎はすでに伊佐子が別れる気になっていることを知り、私立探偵をつかって、彼女が佐竹や野本と関係していることを知った。分け前のことから、伊佐子は脅迫がましいことまで口にするようになった。栄太郎は伊佐子を片づける決心をした。この決心を行動に移させたのは、ゲルニカのマユミを紹介されたときだった。彼はアリバイ・トリックを案じ、そのために江美のパトロンとなり、さらに玉川を久里十八の事務所に送って自分を尾行させるようにしむけた。プログラムは着々と進行した。しかし、肝心のアリバイを作っている最中に、マユミにハンドバッグを買ってやって高島屋を出たところで、玉川に会ってしまった。玉川はつれの女がマユミであって伊佐子ではないことを知っているのだ。翌朝の新聞で、伊佐子の記事を読んだ玉川が栄太郎を疑ったのは当然だった。彼は早速、栄太郎を呼出して、百万円だせば黙っていてやると脅した。しかし、役者は栄太郎のほうが一枚上だった。玉川は百万円もらう代わりに首を絞められ、栄太郎の運転する車で多摩川べりに捨てられてしまった。水道橋のアパートに残された妻子を思えば、哀れとも何とも言いようのない末路だ。

伊佐子を殺し、玉川を消した栄太郎は、芝垣も殺さなければならなかった。佐竹に脅されて分け前のごまかしを喋ってしまう危険があったし、それよりも重大なことは、贓品処分のミスから、瑞賞堂で強奪したヒスイを警察につかまれたことだった。警察はヒスイの出所をさぐり、やがては芝垣も逮捕される。そうなったら、芝垣は洗いざらい喋ってしまうかもしれない。栄太郎は芝垣の口をふさぐために、やはり彼も消してしまわねばならなかった。

「大口はどうだったんです、何か喋りましたか」

話の跡切れたところで、久里十八が部長にきいた。

「大口は何も知らずに、佐竹の命令どおりに動いていただけらしい。山名江美を誘拐したのも、新橋の玉川の事務所へ行ったのも佐竹の命令だ」

「玉川の事務所へ行った目的は？」

「玉川が世話をしていたコールガールや客たちのリストを探すためだ。佐竹も玉川とは深いつながりがあったんだな。しかし大口が行くより一足先に、事務所は栄太郎が行ってリストを探し出していた。栄太郎も玉川との関係を警察に知られることを怖れていたんだ」

「佐竹は伊佐子殺しの犯人を知っていたんでしょうか」

「もちろんわかっていたさ。自分が死体現場に呼出されたのも、栄太郎のワナではないかと疑っていた。それで佐竹は栄太郎を脅している。ところが、佐竹には栄太郎に対する弱味があった。田所を射殺したことを知られていることだ。もし栄太郎が逮捕され、そのことを喋られたら佐竹も殺人罪で起訴される。となると、悪いやつ同士相身互いだ。せっかくの脅しも効目《ききめ》はない。

栄太郎でも佐竹でも、一人が捕まれば一蓮托生《いちれんたくしょう》だな。厭でも互いに助け合わねばならぬ立場なんだ。佐竹が大口を動かしたのも、半分は栄太郎のため、あとの半分は自分のためだった。事件がこんなに大きくなって三人も殺すようになるとは、栄太郎自身にも意外だったらしい。彼が考えたのは伊佐子を殺すことだけだったが、高島屋の前で玉川に会ってしまってからあとは、事件のほうが勝手に動きだしてしまったと言いたそうだった。

しかし栄太郎の最大のミスは、久里十八探偵事務所を見くびったことだろうな。警視総監からの感謝状は、二、三日うちにお渡しできると思いますよ」

「ほんとかね」

久里十八はプラモデルの飛行機を買ってもらった子供みたいに、眼をかがやかして、部長に問いただした視線を加山春江に移した。

加山春江がニッコリと笑った。すごくチャーミングな笑いだった。

久里十八の体がぶるっと震えた。

わたしは部長の話を黙って聞いていたが、梗概《あらすじ》はわたしの考えていたとおりだった。

野本は釈放された翌日、菓子折をさげて現れたが、謝金のほうは十万円ぽっきりで涼しい顔をしている。そのうちの五万円は久里十八にとられ、残りはあらかたタクシー代、その他で消えてしまった。こまかく計算すれば、アシがでているかもしれない。

わたしは、何となく気分が重くなって立上った。

「どこへ行くんだ」

十八が言った。

「水道橋まで」

「玉川のところか」

「そうです」

「わたしも一緒に行こうか。玉川の霊前に、花束くらいはわたしが買ってもいい」

「冗談じゃありませんよ。玉川に花束をおくるいわれなんかあるものか。今度の事件で殺された奴ら、伊佐子にも玉川にも、そして芝垣にも田所にも、花束なんかおくる必要はない。みんな勝手に死んだようなものだ。ぼくは玉川の子供に、チョコレートでも買って行こうと思っただけです」

わたしは誰にともなく腹を立てて言った。

（お断り）

本書は１９７６年に講談社より発刊された文庫を底本としております。
あきらかに間違いと思われるものについては訂正いたしましたが、
基本的には底本にしたがっております。
また、底本にある人種・身分・職業・身体等に関する表現で、現在からみれば、
不当、不適切と思われる箇所がありますが、著者に差別的意図のないこと、
時代背景と作品価値とを鑑み、著者が故人でもあるため、原文のままにしております。

結城昌治（ゆうき しょうじ）
本名：田村幸雄。1927年（昭和２年）２月５日―1996年（平成８年）１月24日、享年68。東京都出身。1970年『軍旗はためく下に』で第63回直木賞受賞。代表作に『白昼堂々』など。

P+D BOOKS

ピー プラス ディー ブックス

P+Dとはペーパーバックとデジタルの略称です。
後世に受け継がれるべき名作でありながら、現在入手困難となっている作品を、
B6判ペーパーバック書籍と電子書籍で、同時かつ同価格にて発売・配信する、
小学館のまったく新しいスタイルのブックレーベルです。

死者におくる花束はない

2016年9月11日　初版第1刷発行

著者　結城昌治
発行人　林　正人
発行所　株式会社　小学館
〒101-8001
東京都千代田区一ツ橋2-3-1
電話　編集　03-3230-9355
販売　03-5281-3555
印刷所　昭和図書株式会社
製本所　昭和図書株式会社
装丁　おおうちおさむ（ナノナノグラフィックス）

ISBN978-4-09-352279-3

P+D BOOKS